청
조

청조

이다인 지음

네가 없었다면,
지금의 나도 없었겠지?

바른북스

프롤로그

　무섭다.

　지금 떨어지면 모든 게 편해질까? 다리가 후들후들 떨리고, 가슴이 미친 듯이 뛴다. 온몸에 소름이 돋고, 손끝이 떨린다. 왜인지 이 느낌이 마냥 싫지만은 않다. 딱딱하게 경직되어 있던 몸도 난간을 잡고 있던 손도 서서히 힘을 뺀다. 심장은 더 크고 빠르게 뛰기 시작한다. 난간과 거리가 멀어지고 발을 디디고 있던 기둥마저 느껴지지 않는다. 역시 다시 난간을 잡아야… 이미 늦었다. 미친 속도로 추락하는 게 몸소 느껴진다. 이게 중력의 힘이구나. 팔다리가 찌릿하고 배가 간지럽다. 이미 내 얼굴은 물 앞까지 와 있었다. 그 모습에 순간 나도 모르게 눈을 질끈 감았다. 풍덩, 순식간에 주변 잡음이 사라지고 이상하리만큼 고요해졌다.

괴롭고 무서워.

소리 지를 겨를도 없이 계속 숨을 참았는데 결국 한계에 다다랐다. 결국, 숨을 참지 못해 저절로 입이 벌어졌다. 방대한 물들이 폐에 수없이 밀려들어온다. 폐가 금방이라도 찢어질 것 같은 고통이 들고, 발버둥을 치면 칠수록 온몸에 힘이 빠진다. 이윽고 팔이 움직이질 않는다. 눈앞이 깜깜하고 아무것도 만져지지 않는다. 나는, 아무것도 할 수가 없다. 사방이 온통 물인 걸 알면서도 계속 숨을 쉰다. 시간이 얼마나 흐른 건지 모르겠다. 눈꺼풀이 무거워, 눈이 감긴다. 내 의지와 상관없이 의식이 흐려지는 게 느껴진다. 그전에는 그렇게 괴롭더니, 지금은 이상하리만치 편안하다.

차
례

꽃을 원하는 초라한 정원

"날씨가 점점 더 추워지네요. 따뜻한 차라도 드시겠
어요?"

손과 얼굴에 주름이 자욱하고 머리엔 새치가 듬성듬
성 난, 흰 가운을 입은 사람이 느리고 나긋나긋하게 말
을 걸었다.

"부탁드릴게요."

나는 붉어진 손을 비비고, 입 주위에 손을 맞대며 입
김을 불었다.

"상담은 처음이시네요. 저는 정신과 의사 벤이라고 합
니다. 지금부터 상담을 시작할 건데, 부담 갖지 말고 천

천히 하고 싶은 이야기를 들려주시면 됩니다."

벤은 얼굴에 미소를 살짝 띠고 천천히 나의 대답을 기다렸다. 나는 이야기를 꺼내라는 말에 잠시 머뭇거린 후 말했다.

"저는….."

하지만 마음과 달리 입은 쉽게 떨어지지 않았다.

"지금 당장 본인의 이야기를 말하는 건 누구나 어려운 일이죠. 그게 아픈 기억이라면 더더욱. 동시에 언제까지나 피할 수만은 없는 일이기도 하죠. 천천히 심호흡하세요. 기다려 드릴게요."

벤은 이런 일이 익숙하다는 듯 청산유수 같은 말들을 뿜내며 나를 안심시켰다. 나는 벤의 말대로 심호흡을 하고 주변을 둘러보았다. 마음이 차분해지는 LP플레이어 소리, 경직된 몸을 녹여 줄 따뜻한 차와 무릎 담요. 분명 낯선 공간이지만, 나도 모르게 이 공간에 녹아들고 있었다. 나는 마음을 다시 가다듬고 나를 기다리는 벤의 눈과 마주쳤다.

"저는 약 1년간 의식불명 상태에 빠져 있었어요. 당시 의사의 말에 따르면 사고로 인한 치료는 모두 마쳤지만 어떠한 이유로 제가 일어나지 않는다고 했죠."

나는 천천히 또박또박 그날에 있었던 일에 대해 말하기 시작했다.

"이런, 결국엔 깨어나지 못한 이유를 찾았나요?"

"아뇨, 의사는 더 이상 몸에 이상이 없는데 의식이 돌아오지 않는 건, 본인의 의지도 필요하다고 했어요. 결국, 제가 살고 싶은 의지가 없으면 몸이 멀쩡해도 일어나지 않는다는 말이었죠."

"…그렇군요"

벤의 이 말을 끝으로 잠시 정적이 흘렀다. 내가 다시 이야기를 이어 가도 됐지만 그러지 않았다.

그때, 고민에 빠졌던 벤이 입을 열었다.

"왜 깨어나고 싶지 않아 했나요?"

벤의 말을 직설적으로 다시 말하자면, 왜 살고 싶지 않냐는 말이었다. 나는 입을 뻐끔거린 후 다시 말을 이었다.

"…사실 저는 애정결핍을 앓고 있어요."

벤은 자신의 질문에 대해 아직 의구심이 덜 풀렸는지 애매한 표정을 짓고 있었다.

"저희 가정은 제가 어렸을 때 아빠가 집을 나갔어요. 그래서 아빠에 대한 즐거운 추억이 없어요. 사실 너무 어렸을 때라 그런 건 상관없었어요. 당시에 엄마가 너무 힘들어했었거든요."

나는 추가적으로 말을 덧붙이며 감정을 늘어놓았다. 벤은 감정소모를 하며 이야기하는 날 묵묵히 기다려 주었다.

"처음엔 저도 자각하지 못했어요. 그냥 남들보다 조금 더 사람을 좋아하는 편이구나 하고 쉽게 넘겼죠. 오히려 이런 성격 덕분에 친구가 많았어요. 근데 문제는 날이 갈수록 심해지는 이 애정결핍이었어요."

1

"어쩌면 저는 애정결핍을 자각하지 못한 게 아니라 부정하고 싶었던 걸지도 모르겠네요."

나는 항상 내 정원이 아름다운 꽃밭이 되기를 원했다. 하지만 초라하고 메마른 땅에서 꽃들은 피어지지가 않았다. 그래서 정원인 내가 변해야 했다. 나는 꽃들의 관심을 끌기 위해 내가 원하는 정원이 아닌, 꽃들이 보고 싶어 하는 정원의 이미지로 변화하기 시작했다. 그게 곧 내가 원하는 정원이 될 테니까 말이다. 그 결과, 효과는 굉장했다.

초라하고 메마른 들판에 하나둘, 다채로운 색깔의 꽃들이 피기 시작한 것이다. 그리고 마침내, 내가 그토록 원하던 아름다운 꽃밭이 완성되었다. 나는 거기서 그치지 않고, 내게 온 꽃들이 나에게서 떠나가지 않도록 괴롭혔다. 가령 친구들이 어딘가 가면 꼭 나에게 연락하라고 시켰고, 아무도 없는 집에 오면 너무 공허하고 외로워서 친구들에게 전화를 해 외로움을 달랬다. 이런 행동들이 반복되니까 친구들은 하나둘, 나를 떠나가기 시작했다. 내게서 떠나가지 못하도록 했던 행동들이 되려 나를 떠나가게 부추긴 꼴이 된 것이었다. 내가 그토록 원했던 꽃들은 온데간데없고 이제 내 들판에 남은 건 오직 꽃 한 송이뿐이었다. 그 당시 나는 굉장히 혼란스러웠고, 이 시기를 기점으로 모두의 타깃이었던 내 애착이 하나로 바뀌었다.

* * *

"지은아, 어디 갔었어? 한참 찾았잖아. 어디 갈 땐 연락하고 가라니까."

모두가 나를 떠난 가운데 유일하게 내 곁에 있어 준 친구가 바로 지은이었다. 그러나 학교 복도에서 마주친

15

지은이는 혼자가 아니었다.

"아, 탄연아 인사해. 새로 사귄 친구야."

지은이는 내게 손짓하며 자신의 옆에 있던 친구를 가리켰다.

"안녕."

그 친구는 싱긋 웃으며 내게 인사를 건넸다. 순간 지은이의 옆에 선 그 친구를 보니 나는 왠지 모를 감정에 휩싸여서 이렇게 말했다.

"미안, 지은이랑 할 이야기가 있어서 자리 좀 비켜 줄래?"

그 아이는 당황한 듯 뒤를 돌아 지은이의 얼굴을 살피고 지은이가 고개를 끄덕이자 그제서야 자리를 떠났다.

"무슨 이야기?" 지은이가 갸우뚱거리며 내게 물었다.

"왜 연락 안 했어? 어디 갈 땐 연락하라고 했잖아."

불안했다.

지은이도 나를 떠나갈까 봐. 이제 한없이 예민해진 나는 지은이에게 더 많은 애정을 요구하기 바빴다.

"미안, 깜박했어."

지은이의 표정이 어딘가 씁쓸해 보였다.

모두에게 받아야 했던 내 애착을 지은이 홀로 감당해 내야 했던 것이다. 나는 그동안 지은이가 받아야 했던 괴로움들을 무시한 채 내 이기심만을 채우려고 했다. 그러니 지은이의 상태가 어떤지 알 수가 없었다.

사실 모른 척하고 싶었던 걸지도 모르겠다.

"이제 익숙해질 때도 되지 않았나? 빨리 가자. 수업 늦었어."

나는 한숨을 내쉬며 수업실 쪽으로 방향을 돌렸다.

"근데 탄연아, 내가 아까 소개시켜 준 그 친구랑은…."

"또 그 소리야? 친구 소개 안 시켜 줘도 돼, 무슨 소개 팅도 아니고, 난 너만 있으면 된다니까?"

나는 지은이의 말을 자르고 미간에 인상을 쓰며 살짝 날이 선 말투로 말했다.

나는 내게서 꽃들이 떠난 그날을 기점으로 더 이상 내 들판에 꽃을 피우지 않기로 다짐했고, 마지막 남은 내 들판에 있는 꽃 한 송이를 철창에 가둬 두기로 했다.

"그리고 너도 앞으로 친구 사귀지 마."

그러한 행동이 잘못됐다는 것도 모른 채.

"뭐?"

지은이는 마치 들어선 안 될 말을 들은 사람처럼 화들짝 놀라며 나에게 재차 물었다. 그런 데도 나는 아랑곳하지 않고 말을 이어 나갔다.

"나는 널 위해서 친구들을 사귀지 않는데, 너는 자꾸 새로운 친구를 사귀잖아. 너무 불공평하지 않아?"

이 말은 전부 지은이가 나에게서 떠나가지 않기 위해 하는 가스라이팅이었다. 내가 친구를 사귀지 않는 건 더 이상 상처받지 않기 위함이었고, 지은이에게까지 이런 말을 하는 건 내가 그런 것처럼 지은이도 내가 자신의 전부였으면 하는 욕심이었다.

* * *

"지은 양도 정신적인 스트레스가 굉장했겠네요."

가만히 내 이야기를 듣던 벤이 입을 뗐다.

"그랬겠죠…."

벤의 말을 듣고 나는 잠시 상념에 잠겼다.

나는 가장 힘든 시기에 나를 구원해 준 은인과도 같은 존재에게 내게서 떠나지 말라는 명분으로 해서는 안 될 짓을 해 버리고 말았다. 친화력이 좋아 항상 밝게 웃고 있던 지은이의 미소는 어느새 보이지 않게 되었고, 그때 지은이의 얼굴은 몹시 수척해져 있었다. 결국 철창 속에 가둬진 꽃 한 송이는 아주 빠르고 명확하게 시들어 가고 있었다.

"그 당시 탄연 양은 행복했나요?"

이때 상념에 잠긴 나에게 벤이 다시 질문을 했다. 나는 눈동자를 굴리며 벤의 눈을 바라보았고, 마른침을 삼키며 이렇게 답했다.

"잘… 모르겠어요."

2

그때도 여전히 지은이를 찾고 있었다. 연락도 없이 사라진 지은이를 찾기 위해 문자를 해보았지만 보지 않았다. 뒤이어 조급해진 나는 전화도 해봤지만 설상가상으로 신호조차 걸리지 않았다. 나는 교실을 빙빙 돌며 전해지지 않는 문자만 하염없이 보내고 있었다.

"한 번도 이런 적 없었는데…."

지은이의 갑작스러운 연락 두절에 불안해진 나는 손톱을 물어뜯고 머리를 쥐어뜯으며 한참을 교실만 빙빙 돌다가 잠시 후 그 자리에 우뚝 섰다.

"설마…."

그러곤 나는 곧장 어디론가 뛰어가기 시작했다. 내 생각이 맞다면 지금 지은이는 내가 뛰어가고 있는 곳에 있을 것이다. 그리고 얼마 지나지 않아 나는 지은이를 발견했다. 나는 지은이를 찾았다는 안도감과 동시에, 화가 치밀어 올랐다. 나는 헉헉대는 숨을 몰아쉬며 지은이에게 다가갔다. 지은이는 얼마 전, 새로 사귄 친구라며 나에게 소개시켜 준 친구와 함께 있었다. 그리곤 생각했다. 다시는 오늘처럼 지은이와 연락이 되지 않는 상황이 만들어지지 않게 지은이와 한시도 떨어지면 안 되겠다고.

그렇게 짧은 다짐을 하고 지은이를 바라봤다. 그러자 순간 가슴이 철렁이며, 지은이를 향한 두 발이 움직이질 않았다. 내가 아닌 다른 친구들과 이야기하고 있는 지은이는 너무나도 행복한 미소를 짓고 있었기에, 차마 더 이상 걸음을 이어 가지 못했다. 지은이를 안 지는 오래되었지만, 나와 함께한 지난 몇 달 동안 지은이는 나에게 이런 미소를 단 한 번도 보여 준 적이 없었다. 나는 두 주먹에 힘을 잔뜩 주며 말아 쥐었다. 그리곤 다시 발을 뗐다.

그래도, 지은이는 원래대로 나에게 돌아와야 한다.

"지은아."

나는 나지막하게 지은이를 불렀다. 지은이는 하던 이야기를 멈추고, 내가 있는 쪽으로 뒤를 돌아봤다. 그 순간 나는 지은이의 얼굴을 보고 다시 한번 심장이 쿵 하고 떨어졌다. 찰나의 순간이었지만, 나는 분명히 보았다. 방금까지 세상 행복하게 미소 짓던 지은이가 나를 보자 표정이 일그러지는 것을.

"아… 탄연아, 왔어?"

지은이는 금세 표정을 가다듬고 떨떠름한 말투로 말했다. 나는 무언가에 홀린 것처럼 지은이에게 터벅터벅 걸어가며 이렇게 말했다.

"연락은 왜…."

"차단했어."

지은이는 내 말을 자르고 처음 들어보는 목소리로 그렇게 말했다. 나는 떨리는 손을 바로 잡으며 지은이에게 물었다.

"왜… 왜 그랬어?"

"…미안."

지은이는 내게 미안하다면서 고개를 돌렸다.

"지은아, 갑자기 왜 그래. 내가 뭐 잘못했어? 무슨 이유라도 있어야 내가 납득이라도 하지…! 지은아, 이지은!…"

"야, 적당히 좀 해!"

그때, 지은이의 옆에 있던 그 친구가 나에게 소리쳤다.

"뭐…?"

"아니, 해도 해도 너무하잖아. 지은이도 사람이야. 언제까지고 네 옆에 있어 줄 수는 없다고!"

그 말에 순간 정상적인 생각회로가 멈춰 버렸다.

너였구나. 나와 지은이의 사이를 멀어지게 만든 장본인이.

"네가 무슨 상관이야."

"뭐? 넌 정말 변한 게 하나도 없구나. 지은이를 봐서라도 너랑 잘 지내려고 했는데."

그 애는 인심 쓰듯이 내게 그렇게 말했고,

"그 정도 결핍이면 병이야!"

안 그래도 서러운데, 나를 이상한 사람 취급까지 해서,

"네가… 뭘 알아."

"…뭐?"

"네가 뭘 안다고 나에 대해 떠드냐고!"

순간 나는 그 자리에서 이성을 놓았다.

그 이후에 지은이에게 몇 번이고 매달려 보고 사과를 해 봐도 지은이의 미안하다는 마지막 말을 끝으로 나에겐 그 어떠한 기회조차도 오지 않았다.

너무 오랫동안 혼자 철창 속에 가둬진 꽃 한 송이는 내 이기심을 채워 넣고 있던 시간 동안 홀로 감내하며 이미 시들어 없어지고 난 후였다. 그렇게 내 정원은 다시 초라하고 메마른 땅이 되었다. 그리고 나는 더 이상 정원을 가꾸는 것을 포기하고 집 속으로 숨어들어 가 버렸다.

* * *

"그 이후 저는 집 밖으로 나가지 않으며 누구하고도 만나려 하지 않았어요. 저는 점점 망가져 가고 있었죠."

나는 지금 무슨 표정을 짓고 있을까. 이 이야기를 말하고 있는 지금, 내가 무슨 감정으로 이야기하는지 궁금했다. 그리고 내 이야기를 듣는 벤도 궁금했다.

"지은 양 덕분에 지금까지 버틸 수 있었는데, 이제는 지은 양을 잃었으니 많이 힘들었겠어요. 그럼 의식불명이 되었다는 건 지은 양을 잃고 나서 벌어진 일인가요?"

벤은 나를 위로해 주면서도 내 이야기에 관심을 보이는 듯했다.

"아뇨… 그 당시가 많이 힘들긴 했지만 삶을 포기하진 않았어요. 제게 이 애정결핍은 저주와도 같았거든요. 한 사람을 잃으면 다른 사람을 찾았어요. 그리고 그 다음 사람이… 엄마였어요."

벤은 잠시 놀란 표정을 지었지만 이내 납득한다는 표정을 짓고 내게 물었다.

"평소 어머님이랑은 사이가 좋았나요?"

나는 골똘히 생각한 후 답했다.

"어렸을 땐요…."

"그럼 어머님하고 무슨 일이 있었는지 이야기해 줄 수 있어요?"

벤은 조심스럽게 내게 물었다.

가장 잊고 싶은 기억이자, 동시에 절대로 잊어선 안 되는 이야기. 누구에게나 그런 이야기 하나쯤은 있을 것이다.

나는 크게 심호흡을 하고 이야기를 이어 갔다.

"제게 애정결핍이 있다는 건 지은이를 잃고 난 후에 자각했어요. 그리고 이게 저에게 무얼 의미하는지도 이 때 깨달았고요. 그때부터 저는 엄마를 원망하기 시작했어요. 그 당시 저는 매우 불안정한 상태였기 때문에 어떤 생각을 하든 어떤 판단을 내리든 그 결과가 당연히 좋지만은 않았을 거예요."

주변 사람이 나를 떠나는 건 이전에도 경험한 일이 었다. 하지만 유일한 친구였던 지은이마저 나를 떠나는 건 생각지도 못한 일이었다. 그래서 끊임없이 생각을 이어 온 결과, 답은 하나밖에 나오지 않았다. '집착' 모두가 나를 떠나게 된 이유는 모두 이 집착에서 비롯되었고, 이 집착은 애정결핍으로 이어진다. 그렇다면 이 애정결핍은 대체 언제, 어떻게 생겨나게 된 것인가. 이것에 대한 답도 하나밖에 나오지 않았다.

원망의 대상

엄마와 아빠는 내가 6살이 되던 해에 이혼했다. 이혼한 후로 엄마는 미묘하게 바뀌었다. 유치원에서 있었던 일을 물어는 보지만 듣지는 않았고, 밤마다 동화책은 읽어 주었지만, 내가 잠에 들 때까진 기다려 주지 않았다. 나에게 사랑한다면서 정작 웃음은 보여 주지 않는 엄마가, 나는 낯설었다. 그 당시 6살이었던 나는 갑자기 바뀌어 버린 엄마가 이상했다. 정확히 말하면 무서웠다. 엄마는 평소의 모습과 비슷했지만 껍데기만 비슷하고 속은 텅 비어 있는 마치 인형과도 같았다. 나는 너무 힘들어하는 엄마를 위해 온갖 예쁨받을 짓은 모조리 해

보았지만, 엄마는 웃지 않았다. 계속 이런 생활을 반복하다가 시간이 지나 키가 점점 커지고 팔다리가 길어질 때쯤 나는 엄마에게 관심받는 짓들을 포기하고 모든 걸 받아들였다. 엄마는 더 이상 내 키가 커졌다며 기뻐하지 않았고, 앞머리가 눈을 찌른다며 직접 다듬어 주지도 않았다. 엄마는 변했다.

엄마가 변했다는 것을 받아들이니 나도 변했다. 그때부터 집 밖으로 나가 내 정원을 가꾸기 시작한 것이다.

"그때부터 애정결핍이 시작된 거군요."

벤은 마치 퍼즐을 끼워 맞추듯 내가 해 준 말들로 이야기를 맞춰 나갔다.

"그럼 탄연 양도 어머님을 대하는 태도가 바뀌었나요?"

"아마도요. 그때부터 엄마하고 이야기를 안 했거든요. 저도 친구들 신경 쓰느라 바빴고, 엄마도 일하시느라 바빴으니까요. 그래서 서로에게 관심이 없었어요."

엄마는 이제 내가 말하지 않으면 나에 대해 아는 것이 없었고, 지은이 일뿐만이 아니라 내가 애정결핍이 있다는 사실조차 모를 것이다. 그리고 이건 나도 마찬가지로 엄마에 대해서 아는 것이 없었다.

"그럼 원망한다는 것은 갑자기 바뀐 어머님의 태도 때문인가요?"

"…."

1

지은이가 나를 떠난 후 우울이라는 거대한 파도가 나를 덮쳤다. 새벽마다 울다 지쳐서 잠에 들면 다음 날 일어나 평소에 먹지도 않는 음식들로 공허함을 채우곤 했다. 그렇게 우울이라는 파도가 지나가고 나는 또다시 분노라는 파도에 휩쓸리고 말았다. 지은이와 친구들을 잃은 게 전부 이 애정결핍이라는 사실이 분노하기에 딱 좋은 명분이 되었고, 더 나아가 이 애정결핍의 근원지는 엄마라는 답이 나오게 되었다. 그때의 나는 아빠와 이혼한 후 나에게 관심이 식어 버린 엄마의 태도에서 이 애정결핍이 생겨났다고 생각했다. 이혼한 만큼 내게 더 많은 사랑을 주지 않아서 내가 이렇게 되어 버린 거라고 마음대로 판단하고 마음대로 엄마를 원망했다.

그렇게 엄마는 지은이 다음으로 애정결핍의 대상이자, 동시에 원망의 대상이 되었다.

벌써 일주일째 집 밖으로 나가지 않았다. 정확히 말하면 '내 방'에서 단 한 발걸음도 움직이지 않았다. 집 안에만 있으니 나의 생활 패턴은 완전히 무너져 버렸다. 밤낮이 바뀌고, 밥도 제대로 챙겨 먹지 않았다.

"아… 배고파."

오늘 끼니를 해결하지 않은 탓인지, 배가 고파 잠에서 깼다. 주변은 고요하고, 깜깜했다. 시계를 보니 새벽이었다. 그때 굳게 닫힌 방문 너머로 노크 소리가 들려왔다. 그 소리에 깜짝 놀라 나도 모르게 어깨가 들썩거렸다. 그리곤 방문을 바라보았다.

"탄연아, 이야기 좀 하자."

노크 소리의 주인공은 다름 아닌 엄마였다. 나는 재빠르게 시계를 재차 확인했다.

엄마는 항상 밤늦게까지 일하다 다시 아침 일찍 일을 나갔기 때문에 분명 둘이서 같이 사는 집임에도 엄마를 마주칠 기회는 많이 없었다. 엄마가 아무 말도 해주지 않아도, 몇 시에 집에 오고 나가는지 정도는 알 수 있었다. 분명 그 시간이 남들은 쉽게 깨어 있을 시간이 아님에도 말이다. 그래서 시계를 다시 확인한 지금, 엄마는 집에 있을 시간이 아니다.

"…."

나는 아무 말도 하지 않았다.

"깨어 있는 거 알아. 이야기하기 싫으면 여기서 할게."

2년 반 만이다. 엄마가 이야기하자는 건. 고등학교 입

34

학식 이후로 갑작스럽게 바빠진 엄마는 이전에도 말했
듯이 나와 아무런 이야기를 나누지 않았다. 그런 엄마가
갑자기 이야기를 하자니, 당황스러우면서도 궁금했다.

"담임 선생님한테 전화 왔어. 너 요즘 학교 안 나온다
고. 내일부터 학교 나가. 이 말 하려고 온 거야."

2년 반 만에 하는 이야기가 고작 이거라니. 어이가 없
어서 헛웃음이 나왔다.

"싫어."

"…뭐?"

문 뒤로 당황한 듯한 엄마의 목소리가 들려왔다.

"학교 가기 싫다고."

내 말에 엄마는 잠시 동안 말이 없었다.

"…너 대학 안 갈 거야?"

가슴 한가운데에 무거운 돌덩이가 올라와 있는 것 같
은 느낌이 든다. 나는 더 이상 이 돌덩이가 목 위로 올라
오지 못하게 꾹 눌렀다.

"공부도 꽤 하던 애가 왜 갑자기…."

엄마가 흔들리는 목소리로 중얼거리는 게 들려왔다.

엄마 말대로 나는 중학생 때까지만 해도 성적이 꽤나 좋은 편이었다. 하지만 이것도 어디까지나 엄마에게 예쁨받을 짓 중 하나일 뿐이었다. 고등학교에 올라온 이후로 내 성적은 점차 떨어지고 있었고, 중학생 때와는 다르게 대학에 대한 가능성은 보이지 않았다.

"엄만 도대체 어느 시간에 살고 있는 거야?"

나는 순간의 감정을 이기지 못하고 방문을 열어 엄마에게 소리쳤다.

"엄마가 아는 공부 잘하는 강탄연은 이제 없어. 담임 선생님이 그건 안 가르쳐 줬나 봐?"

순간 욱하는 마음에 마음에도 없는 소리를 내뱉었다. 오랜만에 직면하는 엄마의 얼굴은 내가 아는 얼굴과는 많이 달라져 있었다. 주름은 더 많아지고 몸은 전보다 더 왜소해져 있었다.

"나 이제 18살이야. 엄마가 이렇게 관심이 없으니 내가…!"

더 이상 말을 이어 나가면 당장이라도 울음이 터져 나올 것만 같았다. 차마 나는 말을 끝까지 이어 가지 못하고 다시 방문을 닫았다.

"…그래도 학교는 꼭 다시 나가."

온갖 짓을 해도 관심 하나 없던 엄마에게 관심받는 게 이렇게 쉬운 줄 알았으면 그동안 그렇게 고생하지 말걸.

나는 지난날의 행동들을 후회하며 잠에 들었다.

2

다시 눈을 떴을 땐 시간이 한참 지나 있었다. 처음엔 어제와 비슷한 시간에 일어나 몇 시간밖에 못 자고 일어난 줄 알았는데, 하루가 지나 있었다.

나는 방에서 나와 부엌으로 향했다. 이젠 배가 고프다는 감각도 잊혀진 지 오래다. 집에 수북이 쌓여 있는 수많은 라면들 중 하나를 골라 네 조각으로 쪼개 그 위에 스프를 뿌리고 부엌 한가운데 쪼그려 앉아 씹어 먹는다. 그때 거실 밖으로 환하게 비치는 한강이 보였다. 나는 곧바로 눈살을 찌푸리며 고개를 다른 곳으로 돌렸다.

많은 사람들의 꿈이자, 로망인 한강 뷰 아파트. 나는 지금 그곳에서 살고 있다. 하지만,

"한강 뷰는 개뿔. 존나 시끄럽기만 하네."

여름엔 햇빛이 한강 물에 반사되어 새벽인데도 다른 지역보다 훨씬 덥다. 그 때문에 암막 커튼이 필수인데, 덕분에 존나 깜깜하다. 그뿐만이 아니다. 하필 한강 주변에 도로가 많아서 소음이 어마어마한데, 거기다 설상가상으로 가끔 헬기까지 지나가면 헬 그 자체이다. 그런데도 사람들은 말한다. 전망이 예쁘지 않냐고.

"예쁜 게 다 얼어 뒈졌나."

밤에 보는 한강 물이 이렇게나 공포스럽기만 한데, 뭐가 예쁘다고. 나는 코웃음을 쳤다.

배를 채우기 위해 먹은 건데, 금세 입맛이 없어졌다. 결국 나는 반도 채 먹지 못하고 일어났다. 다시 방에 돌아가려고 했는데, 엄마 방에서 목소리가 들렸다. 나는 조용히 엄마 방 앞으로 다가갔다. 그러자, 엄마의 목소리가 점점 선명하게 들려오기 시작했다.

"아빠… 저 어떡해요… 아직도 잠에 들면 그이와 함께하는 꿈을 꿔요… 어린 탄연이와 함께 나타나서 자꾸 다정하게 제 이름을 불러주고 따뜻하게 저를 안아준다고요…."

엄마는 혼자 조용히 흐느끼며 울고 있었다.

"너무 괴로워… 차라리… 꿈에서 깨어나지 않았으면… 아니, 애초에 결혼을 하지 않았으면…!"

"그게 무슨 소리야?"

나도 모르게 말이 나와 버렸다. 엄마는 나를 보자 놀라며 재빨리 눈물을 닦아 냈다.

"아직도 아빠를 잊지 못한 거야? 그래서 이 집도 안 팔고 계속 살고 있는 거고? 왜, 아빠가 다시 돌아오기라도 할까 봐?"

"강탄연…!"

자꾸 속에만 있던 말들이 튀어나온다. 마치 입에 방아쇠라도 달린 것처럼 스스로 절제가 되지 않았다. 몇 년을 돌아오지 않던 아빠인데, 아직도 잊지 못한다니 엄마가 너무 바보 같았다.

"엄마, 나는 안 보여? 나 사랑하기는 해?"

혼자서 수도 없이 되뇌이고, 물어보고 싶었던 말.

"…무슨 소리야. 널 사랑하기는 하냐니. 도대체 왜 그런…."

엄마가 당황하며 나에게 다가오기 시작한다. 나는 그런 엄마를 보고 뒷걸음질 치며 말했다.

"거짓말… 엄만 이제 나 안 사랑해."

현실을 직면하니 확신할 수 있었다. 혼자 수도 없이 되뇌었던 질문. 불안한 느낌이 들 때마다 스스로를 합리화시켰고, 그럴 리 없다고 부정했다.

간신히 참고 있던 눈물들이 쏟아져 나온다. 그때 엄

마의 얼굴이 어땠더라. 놀랐었나? 상처받은 얼굴이었나? …모르겠다. 바로 얼굴을 돌리고 집 밖으로 뛰쳐나와 한참 동안 뛰었다. 숨이 목으로 넘어갈 때쯤 나는 숨을 헐떡이며 그 자리에 주저앉았다. 나는 가슴을 부여잡고 한참을 목 놓아 울었다.

3

엄마 말대로 이 결혼은 잘못됐다. 애초에 결혼하지 않았으면 엄마도, 나도 이런 불행은 일어나지 않았을 것이다. 나는 엄마가 한 말들을 곱씹어 봤다. 엄마는 아직도 아빠를 잊지 못했다. 나에게 가장 행복했던 우리의 추억들은 이제 엄마에겐 괴로운 기억으로 자리 잡았고, 더 이상 엄마는 날 사랑하지 않는다. 아마 날 사랑한다고 말한 것도 죄책감 때문이었을 것이다. 아빠처럼 엄마도 내가 없었으면 지금쯤 새로운 인연을 만나 새로운 삶을 살아갔겠지.

"나는 엄마에게 불행인 건가…"

내가 사랑하는 사람들이 더 이상 날 사랑하지 않는다. 오히려 나 때문에 사랑하는 사람들이 불행해져만 간다.

그럼 내 존재의 의미는 무엇일까.

* * *

"그럼 일부러 의식불명 상태를 만든 거였군요… 그리고 살고 싶다는 의지가 없다는 것도…"

"네, 저는 진짜 죽으려고 뛴 거니까요. 의식불명이 될 줄은 몰랐죠."

이제 모든 퍼즐이 맞춰졌다. 벤은 심란하다는 듯 생각에 잠겼다. 이내 다시 표정을 풀고 나를 바라보았다. 벤은 두 손으로 내 손을 꼭 쥐어 잡고는 말했다.

"탄연 양, 깨어나 줘서 정말 고마워요. 다시 살아 보겠다고 결심한 거… 맞죠?"

벤의 손이 미세하게 떨리는 듯했다.

"…아니요."

순간 벤의 동공이 커졌다.

"농담이에요."

나의 대답을 듣고 벤은 안도의 한숨을 내쉬었다.

"처음엔 아니었지만, 지금은 맞아요. 그가 없었다면 지금 이렇게 살아 있지도 않았겠죠."

"다시는 이런 장난치지 말아요."

"죄송해요."

침입자

"사실 전 제가 진짜 죽은 줄로만 알았어요. 죽어 본 적이 없으니 여기가 천국인지, 지옥인지 아니면 이승과 저승의 경계인 건지 알 수가 없었죠."

1

깜깜하다. 주변에 아무것도 보이지 않고, 들리지 않는다.

"춥고, 무서워…."

나는 몸을 웅크리며 머리를 무릎에 박고 생각에 빠졌다. 그리고 두 눈에서 눈물이 흘러나왔다. 흘러내린 눈물 때문에 뺨이 따뜻해지는 것이 느껴졌다.

"나는 지금 지옥에 있나 봐, 사랑하는 사람들에게 못되게 굴어서… 그래서 벌받고 있는 건가 봐…."

그렇게 나는 혼자 울고 있었다. 하지만 그 시간도 잠시 차가웠던 몸이 다시 따뜻해지고, 어두웠던 주변에 빛이 들어오기 시작했다. 나는 일어나서 주변을 다시 살펴보기 시작했다. 아무것도 보이지도, 들리지도 않던 공간에 조금씩 형태가 보이고, 소음이 들리기 시작한 것이다. 그리고 그 모습은 마치 현실세계와 동일했다.

"이… 이게 무슨…."

나는 혼란해하며 문명에 처음 놓여진 원시인처럼 계속 주변을 둘러보았다. 사람들은 나를 이상하게 쳐다보았지만 지금은 그런 걸 신경 쓸 겨를이 없다. 누구라도 이 상황에 놓여지면 안 놀랄 수가 없을 것이다.

분명 아는 동네였지만 나는 집으로 가지 않았다. 정확히는 가지 못했다. 내가 살아 돌아가면 또다시 불행이 시작될까 봐. 두려웠다.

어느 정도 상황파악이 된 나는 한강 앞 벤치에 앉아 머리를 굴렸다.

왜 다시 이곳으로 돌아온 건진 모르겠지만, 나는 이곳에 있으면 안 된다.

"다시 뛰어내려야 하나…."

나는 다시 죽을 방법을 궁리했다. 하지만, 소용없었다. 한강에 다시 뛰어내려도, 일부러 교통사고를 내도. 내가 죽는 일은 일어나지 않았다. 나는 그동안 간과한 것이었다. 이곳이 현실세계와 비슷하다고 해서 이곳이 진짜는 아니라는 것을. 나는 이곳에서 마음대로 죽을 수도 없는 몸이 된 것이었다. 그렇게 몇 번의 죽음을 시도한 결과, 나는 깨달았다.

"여기는 지옥이다."

지옥임이 틀림없었다. 그렇지 않고서야 이 생을 끝내

려고 현실에서 그만한 고통을 참아 냈는데, 다시 돌아오다니. 나는 이성적으로 생각하려고 노력했다. 여기가 진짜 지옥이고, 내가 여기서 벌을 받고 있는 중이라면 이런 일들이 어느 정도는 납득이 되었다.

그렇게 이곳에 온 지 시간이 꽤 흘렀다. 마음대로 끝낼 수도 없는 이곳에 나는 더 이상 아무것도 할 수 없었다. 그저 죽기만을 기다릴 뿐.

* * *

"탄연 양은 정말 그곳이, 죽지 않는 것이 지옥이고 벌이라고 느껴졌나요?"

"…너무요."

벤은 나의 대답을 듣고 탁자 앞에 놓여진 차를 홀짝 마시고, 마른세수를 하였다.

"탄연 양, 제 생각엔 그곳은…"

"알아요."

나는 벤의 말을 잘라 냈다.

"저도 알고 있어요. 하지만…."

"미안해요. 괜한 오지랖이었네요."

끝내 말을 이어 가지 못한 나에게 벤이 사과했다.

"아뇨, 저라도 그렇게 말했을 거예요."

2

이곳에 온 지, 시간이 얼마나 지났는지 짐작이 가지 않는다. 벌을 납득하겠다고는 했지만, 언제 끝날지도 모르는 이 무한함에 나는 덜컥 겁이 났다.

이곳이 지옥이라고 짐작은 했지만 아직 혼란스러운 나는 확신이 필요했다.

그래서 나는 지나가는 아무나를 붙잡고 말했다.

"저… 저기요! 도대체 여기가 어딘가요…?"

그 사람은 화들짝 놀라며 나를 바라보았다.

"네? 여기가 어디라니요… 무슨 말씀이신지."

"저는, 전 분명히 죽었어요! 근데 눈을 떴을 땐 아무것도 안 보였고, 그다음엔 제가 이곳에 있었어요. 다시 죽으려고도 했는데 죽지도 않고… 지옥! 여기는 지옥인 거죠?"

나는 정신이 나간 사람처럼 혼자 구구절절 정리가 안 된 이야기만 늘어놓았다. 그 사람은 혼란스러운 표정으로 속사포로 이야기하는 날 보다가 이해가 안 간다는 표정을 짓곤 이내 인상을 쓰며 붙잡고 있던 내 팔을 뿌리쳤다.

"이봐요!"

이 대화를 끝으로 더 불안해진 나는 죽음을 다시 시도했다. 하지만 아무리 죽으려고 해도 죽을 때의 고통이란 감각만 느껴지고 정작 죽진 않았다. 배가 고파도 감각은 느끼지만 죽진 않은 것이다.

다시 그렇게 똑같은 죽음만을 반복하고 나니 허탈함이 느껴졌다. 아무리 발버둥 쳐도 이곳에서 나갈 수 없을 거라는 직감. 나는 체념했다. 그러니 마음속에 있던 수많은 감정들이 사라지기 시작했다. 나는 모든 감정을 상실한 것이다.

내가 이곳에 온 지 얼마나 지났는지 자각하지도 못했다. 이곳에서의 10분이 나에겐 10년 같았으니까. 이곳에서 나갈 수 있긴 한 걸까. 설마 평생을 이곳에 갇혀 있어야 하나….

죽기만을 기다리는 사이에 바쁘게 살아가고 있는 사람들이 눈에 보였다. 그런 사람들을 볼 때마다 내가 이방인이라는 생각이 자꾸만 든다.

"여긴 진짜도 아닐 텐데, 왜 이리 열심히 사는지 참…."

이곳은 진짜가 아니라고, 열심히 살지 않아도 된다고 말해 주고 싶었다.

그러다 문득, 현실세계와 비슷한 이곳을 보곤 머릿속

에 어느 한 사람이 떠올랐다.

"…지은이."

나는 혹시나 하는 마음에 우리 학교를 찾아갔다. 하
교 시간이 되자 아이들이 줄줄이 나왔다. 나는 눈알을
굴려 지은이의 얼굴을 찾기 바빴다. 그렇게 30분 정도
지났을까. 지은이의 얼굴은커녕 학교에서 아는 사람이
라곤 단 한 명도 보이지 않았다. 그렇게 아무 소득 없이
돌아가려는 순간,

"누구 찾으세요?"

누군가의 말소리에 나는 흠칫 놀라 뒤를 돌아보았다.
뒤에는 내 또래로 보이는 어느 한 소녀가 서 있었다. 소
녀는 음침한 나와 달리 큰 키에 마르고 눈, 코, 입이 적
절한 위치에 있어 이목구비들이 균형 있게 조화를 이뤘
다. 소녀는 한마디로 전형적인 미인이었다.

나는 입을 뻐끔거리다가 질문에 대한 답을 했다.

"호, 혹시 이지은이라는 학생 아세요?"

"이지은…?"

소녀는 지은이의 이름을 중얼거리며 머리를 갸우뚱거렸다.

"아 역시 모르는…."

"제가 이 학교 전교회장인데, 제 기억엔 그 학생은 없어요."

지은이는 학교에서도 성적으로 몇 번 상을 받아 봤었기 때문에 평범한 학생이라면 모를까, 전교회장이라면 모를 리가 없었다.

"그래도 혹시 모르니까 제가 선생님께 한번…."

"야, 청조!"

같은 교복을 입은 학생 3명이 소리친 말에 소녀가 뒤를 돌아본다. 아마 본인의 이름인 듯하다.

소녀는 뒤에 있는 학생들에게 기다리라는 제스처를 취한 뒤 다시 나를 바라보았다. 가만히 나를 응시하는 시선에, 나는 소녀에게 이렇게 말했다.

"아뇨, 괜찮아요. 전교회장이 모르면 없는 사람이겠죠."

그리곤 소녀를 등지고 걸어갔다.

"저기…!"

그때 뒤에서 나를 부르는 소녀의 목소리가 들려와, 다시 소녀를 향해 몸을 돌렸다.

"이름이 뭐예요?"

"…강탄연이요."

3

이상하다. 분명 이곳은 내가 죽기 전의 세계와 똑같이 생겼는데, 내가 아는 사람은 단 한 명도 보이지 않는다.

"분명 가짜인데…."

내가 한강 벤치에 앉아 지나가는 사람들을 구경할 때였다. 많은 인파 속으로 낯익은 얼굴이 나타났다.

어제 본 그 소녀였다. 예쁜 미모 못지않게 좋은 비율을 가졌고 많은 친구들로 둘러싸여 있었다. 그 소녀의 정원은 너무나도 아름다웠다.

"부럽다."

이런, 나도 모르게! 소녀가 내 목소리를 듣고 나를 향해 고개를 돌렸다.

"어? 탄연… 맞죠?"

"아… 네."

소녀가 나를 아는 체하자 주변 사람들이 나에게 관심을 갖기 시작했다. 갑자기 받는 관심과 소녀와 너무 대비되는 내 모습에 나는 고개를 바닥에 떨어트리고 옷으로 얼굴을 가렸다. 그러자 소녀가 친구들을 향해 말했다.

"이만 헤어지자. 내일 학교에서 봐."

소녀는 그러한 내 행동들을 보고 눈치라도 챈 듯 자신의 친구들을 보냈다.

"미안해요. 불편했죠?"

친구들을 보내고 소녀는 자세를 낮춰 나와 눈을 맞추었다.

"…괜찮아요."

나는 다시 고개를 들고 소녀를 바라봤다. 소녀는 이미 내 옆자리에 앉아 자리를 잡고 있었다.

"어제 제 이름을 말 안 했더라고요."

소녀가 싱긋 웃었다.

이미 친구를 통해 알긴 하지만, 나는 소녀의 말을 기다렸다.

"저는 청조라고 해요. 제 또래 같은데 나이가…?"

"18살이요."

"어머! 저돈데. 우리… 친구 할래?"

* * *

"그렇게 청조 양과 친구가 되었나요?"

"옛날의 저라면 친구라는 말에 마냥 좋다고 했을지도 모르죠."

4

내가 사랑하는 사람은 나를 사랑하지 않는다. 더 이상 나는 사랑하는 사람을 만들어 상처 주고 싶지도, 상처받고 싶지도 않았다. 그게 내 죽음의 이유이기도 했다.

나는 청조의 제안을 거절했다. 그러자 청조는 나에게 "괜찮아, 우린 곧 친구가 될 테니까."라는 의미심장한 말을 건네고 자리를 떠났다. 나는 이 의미심장한 말의 의미를 다음 날에서야 알게 되었다.

"탄연아!"

청조가 저 멀리서 나를 향해 손을 흔들었다. 나는 그런 청조를 그냥 바라보고만 있었다.

"왜 인사 안 받아 줘!"

"…그냥."

"싱겁긴."

청조는 매일 내가 있는 곳에 와 항상 자신이 학교에서 있었던 일들을 이야기해 주곤 했다. 그럴 때마다 나는 듣는 둥 마는 둥 하지만 청조는 아무래도 상관없는 것 같았다.

청조는 보기와 다르게 굉장히 밝고 명랑한 아이였고, 그게 나와 더 대비되는 것만 같아 스스로를 자책했다. 아무리 생각해 봐도 그런 청조가 나에게 친구를 하자는 이유를 도무지 알 수가 없었다.

너처럼 반짝이는 사람이 내게 관심을 보일 리 없었으니까.

"나랑 친구 하자는 이유가 뭐야?"

조잘조잘 이야기하고 있던 청조의 말을 자르며 질문을 던졌다. 그러자,

"친구 하는 데에 이유가 있나?"

청조가 싱긋 웃으며 대답했다.

청조의 그런 의미심장한 말들은 나의 신경을 건드렸고, 나는 더 청조에게 삐딱하게 굴었다.

"그게 뭐야."

나는 인상을 찌푸리고는 말했다.

청조는 그런 나를 보고도 다시 웃으며 이야기를 이어 나갔다.

5

함께 이야기하는 사람이 생겼다고 해서 죽는 것을 그만둔 것은 아니었다. 나는 저번과 같이 이번에도 한강으로 뛰어내릴 생각이었다. 정말 아이러니하게도 수많은 죽음을 시도할 때마다 나를 방해하는 사람은 단 한 명도 없었다. 마치 내가 죽어도 상관없다는 것처럼.

"차라리 잘된 건가."

이제는 저 밑을 내려다보아도 별 감흥이 없다. 이런 내가 살짝 무서워지긴 했지만, 이곳에 있는 것보다 더 무서운 건 없었다.

이제 두 다리를 받침대에서 떼려는 순간, 누군가 나의 팔을 잡아당겼다.

"너 지금 뭐 해!"

나를 온몸으로 막은 그 주인공인 다름 아닌 청조였다.

청조는 뛰어온 것인지 머리가 온통 땀으로 젖어 있었다. 청조를 보자 순간 나는 왠지 모를 감정이 올라왔다. 이 기분이 마냥 좋진 않았다. 오히려 불쾌했다. 청조의 말과 행동들은 어딘가 모르게 자꾸 나의 신경을 건드렸기에.

"상관 마. 어차피 죽지도 않으니까."

나는 붙잡힌 팔을 빼려고 애썼다.

그러자 청조는 오히려 두 팔을 내 어깨에 걸어 나를 들어올리기 시작했다. 순간 놀란 나는 발버둥 치며 청조에게 소리쳤다.

"이거 놔, 네가 무슨 상관인데!"

짜증이 났다. 아무도 내가 죽음을 시도하든 말든 신경

조차 쓰지 않는데, 왜 너는 내 모든 일에 관여하는 건지.

그러자 청조는 숨을 고르며 나에게 이렇게 말했다.

"너 자꾸 무슨 소릴 하는 거야. 네가 위험하면 구해 주는 게 당연하잖아!"

왜, 순간 네가 그때 하는 말에 정신이 번쩍 들었을까.

나는 청조의 말을 듣고 온몸에 힘을 풀었다. 그러자 청조는 나를 힘껏 들어 올려 한강과 멀리 떨어진 벤치에 나를 앉혔다.

청조는 내가 달아나지 못하게 하려고 했던 것인지 모르겠지만, 내 두 손을 꽉 쥐고 놓아 주지 않았다. 청조의 손은 미세하게 떨리고 있었다. 고개를 푹 숙여 청조의 손을 바라보곤 물었다.

"왜, 왜 당연한 건데?"

"뭐? 사람이 위험하면 구해 주는 게 당연하잖아."

내 정원을 가꾸지 않겠다고 했는데, 예상치도 못하게 침입자가 생겼다. 그것도 아무것도 없는 초라하고 메마른 정원에.

나는 몇 번이고 그 침입자를 다시 돌려보내려고 했지만 소용없었다. 그 침입자는 매번 내 정원에 놀러 와 마구 자신의 영역을 표시했고, 보잘것없는 정원에 그 침입자는 떠날 생각이 없는 것 같아서. 결국, 나는 그 침입자를 내 정원에 들이기로 했다.

"네가 저번에 그랬지. 친구 하자고."

"응?"

"그래, 해 보자. 친구."

청
조

청조와 친구가 된 후의 날들은 평범했다. 딱히 달라진
것도 없었다. 그저 항상 자신의 일과를 내게 이야기하
는 것이 전부였다. 청조의 이야기를 들을 때마다 나는
내가 꿈꾸던 인생을 살아가는 청조가 마냥 부러웠다.
나는 될 수 없다는 현실에 나 자신이 미워지기도 했다.

　"너는 오늘 어땠어?"

　청조는 자신의 이야기가 끝나면 내게도 항상 이런 질
문을 하곤 했다. 그럴 때마다 나는 항상 똑같이 답한다.

　"그냥 똑같지 뭐."

　정말이다. 내가 이곳에서 하는 일이라고는 그냥 사람

들을 구경하고 청조를 기다리는 일이 끝이다.

"항상 똑같은 말만 하지 말고, 너도 오늘 있었던 일을 말해 줘."

한편으론 청조의 질문을 회피하고 싶었을지도 모른다. 현실에서 있었던 일로 질문을 무마하면 되지만, 청조처럼 행복한 학창시절이 나에겐 없으니 청조가 만족하는 이야기는 평생 나오지 않을 것이다.

나는 이런 평범한 질문에도 쉽게 대답하지 못하는 내가 짜증났다.

"모두가 너랑 같은 삶을 사는 건 아니야. 나는 너처럼 친구가 많지도 않고, 성적이 좋지도 않아. 그러니 네가 듣고 싶어 하는 이야기가 나오지 않는 것도 당연한 거고."

질문을 재촉하는 청조에게 땅바닥을 보며 조금 날이 선 말투로 말했다. 청조는 살짝 놀란 듯 말이 없었다.

"하아… 역시 우린 친구가 될 수 없어."

결국 너도 얼마 안 가 나를 떠나게 되겠지, 언제나처럼. 나를 향한 너의 호기심이 기껏 해 봐야 얼마나 가겠어.

"그런 거였구나."

한숨을 쉬며 말하는 나의 말에 청조가 이야기했다.

"미안. 네가 하도 말을 잘 안 해서 재촉 한번 해 봤어."

청조가 싱긋 웃었다.

"…뭐?"

그런데, 왜 넌 자꾸 네가 이전 사람들과는 다를 거라는 느낌을 내게 심어 주는 거야?

"평소에 나만 이야기하니까 얼마나 무안했는지 알아?"

청조도 나름대로 내 태도에 서운한 게 있었던 모양이다.

"하지만 내 이야기는 재미도 없고…."

나는 말 꽁무니를 늘어뜨리며 머뭇거렸다.

"나는 아무래도 좋지만, 좋은 추억이 부족한 거라면 내가 해결해 줄게."

청조는 그렇게 또 의미심장한 이야기만 하고 가 버렸다.

그 뒤로 청조의 행동은 180도 변해 있었다.

1

"너 10분 지각이야."

"…미안."

청조와 만나기로 한 장소에 오는 길을 헤매어 약속시
간보다 늦어 버렸다. 만남 장소는 내 또래 학생들에게
핫하다는 거리였다.

"이런 곳에 와 봤어야 알지…."

나는 중얼거리며 앞장서 가는 청조의 뒷모습을 바라
봤다.

정말, 무슨 속셈인 걸까. 아직도 난 널 믿지 못하겠다.

청조가 첫 번째로 데려간 곳은 요즘 유행한다는 스티
커 사진이었다. 한 번도 안 찍어 본 나는 카메라가 어디
있는지도 모르고 포즈 취하는 법도 몰라 이상하게 찍혔
다. 그때 청조가 내 행동에 웃으며 말했다.

"하하, 너 뭐 하는 거야."

뒤이어, 청조는 자신을 따라 하라면서 능숙하게 포즈를 취했다. 나는 청조 보랴, 카메라 보랴. 진땀을 뺐지만, 나름대로 재밌었다.

"하하, 너 나만 봤잖아."

"…너 진짜 잘하더라."

결과물은 처참했지만.

"아쉬우니까 다음에 다시 찍으러 오자."

"이제 너랑 찍으면 안 될 것 같은데."

"뭐? 왜?"

"…내가 너무 못생기게 나오니까."

"…뭐? 그런 게 어딨어."

청조가 서운하다는 듯이 추욱 처진 채로 걸어간다.

내가 잘못한 건가.

다음으로 이어지는 장소도 다 유명한 곳이었다. 내가 한 번도 가보지 못한 곳들이라 어리버리한 나를 청조는 재밌다는 듯 계속 웃기만 했다.

해가 지고 밤이 되자 우리는 한강 공원에 돗자리를 펴 앉았다. 그때 살랑이는 바람이 청조의 찰랑이는 머릿결을 따라 불어왔다. 그 모습을 본 나도 모르게 청조를 한동안 바라보았다. 청조의 검은 머리는 밤에 보니 반짝거리는 밤하늘처럼 아름다웠다. 내가 남자였다면 지금 당장 고백했을지도 모르겠다는 생각을 잠시 했다.

곧이어 나도 청조를 따라 고개를 올려 밤하늘을 바라보았다.

이렇게 여유로웠던 적이 언제였지. 너를 만난 뒤로 세상이 달라졌다. 아직 너를 온전히 믿진 못하겠지만 그래도 너라면 내 이야기 하나쯤은 해도 괜찮지 않을까. 그래도 너는 보잘것없는 내 이야기라도 들어주지 않을까.

"…청조."

나는 침묵을 깨고 청조의 이름을 불렀다. 청조는 대답 없이 나를 바라보았다.

"왜 안 물어봐? 그때 내가 죽으려고 했던 거."

청조는 날 구해 준 이후 그날에 있었던 일을 단 한 번도 꺼내지 않았다.

"내가, 물어봐도 돼…?"

청조는 조심스러운 듯 나에게 물었고,

"응, 그래도 돼."

나는 청조의 눈을 맞추며 이렇게 답했다.

어쩌면, 그냥 누구라도 좋으니까 제발 나 좀 봐 달라
는 하소연일지도 모르겠다.

나는 왜 청조가 친구 하자는 제안을 거절했는지, 왜
그때 죽으려고 했는지. 내가 죽어서 이곳에 온 것만 빼
고 현실에서의 일들을 마치 여기서 일어난 일인 것처럼
청조에게 이야기했다. 그런 날 보며 청조는 묵묵히 내
이야기를 들어주었다. 내 이야기를 듣는 사람이 있다는
것에 잠시 울컥했지만 티 내지 않고 계속 말을 이어 나
갔다.

"그래서 난 항상 네가 부러웠어. 네 말에 시큰둥 대답

하는 이유도 그것 때문이고."

내 이야기를 마치고 청조에 대한 내 감정을 솔직하게 전달했다. 그리고 청조를 바라보았다. 청조와 눈이 마주치고 청조는 아무 말 없이 나를 안아 주었다.

청조는 나에게 아무런 말도 해 주지 않았지만 나는 분명 왠지 모를 위로를 청조에게 받고 있었다.

2

청조에게 내 이야기를 하고 어느덧 한 달이 넘었다. 청조와 함께 지낸 지도 어느덧 한 달이 넘은 것이다.

"진짜 어울려?"

"그렇다니까."

"그래도 아직은 어색한데…."

오늘은 청조가 갑자기 갈 곳이 있다며 나를 미용실로

끌고 갔다. 몇 년 동안 정리하지 않아 눈을 찌르는 앞머리를 자르고, 빗자루 같은 상한 머리를 자르니 허리까지 왔던 머리카락이 단숨에 내 가슴 밑까지 짧아져 있었다. 갑자기 달라져 버린 머리에 나는 내 자신에게 어색해져 있었다.

청조는 계속되는 똑같은 질문에도 잘 어울린다고 대답해 주었고, 미용실 다음으로 옷 가게로 데려갔다.

"여긴…."

나는 문 앞에서 멈칫하고 주변을 둘러보았다.

"너는 어떤 스타일을 좋아해?"

청조는 아무렇지 않게 행거에 걸려 있는 수많은 옷들을 하나씩 훑어보며 내게 물었다.

"자, 잠시만! 너 지금 내 옷 골라 주려고?"

"응."

"왜…?"

나는 청조의 갑작스러운 행동에 어리둥절하였다.

청조가 문 앞에서 미동 없는 나에게 달려와 팔짱을

끼고는 말했다.

"네 옷만 사는 거 아닌데? 이따가 내 옷도 네가 골라 줘야 해. 빨리 가자."

이렇게 말하곤 나를 끌고 내 앞으로 수많은 옷들을 가져다 대며 신중하게 고민하는 게 보였다.

"이참에 지금 입고 있는 옷은 버리자."

이곳에 오기 전부터 입고 있던 옷. 항상 똑같은 옷만 입고 있던 내가 청조도 신경 쓰였던 걸까. 그런 청조를 보자니 다시금 잡생각이 떠오른 나였다.

정말 너는 다른 이들과는 다를까. 그들처럼 너는 내 곁을 떠나지 않을까.

끊임없는 의문 속에서도 나는 청조가 하란 대로 하였다. 그냥 그렇게 하고 싶었다.

청조의 말대로 우리는 서로의 옷을 골라 주었다. 하지만 청조는 거기서 그치지 않고 곧이어 여학생이라면 한 번쯤은 꼭 가 본 화장품 가게에 왔다. 나는 화장을 한

번도 해 본 적이 없었기 때문에 뭐가 뭔지 하나도 몰랐
지만, 청조가 나에게 추천해 주는 것들을 하나씩 발라
보며 평범함에 녹아들고 있었다.

"청조, 이젠 안 돼."

계산대 앞,

청조가 점원에게 자신의 카드를 들이밀었다. 이전에
갔다 온 미용실, 옷 가게 전부 청조가 계산했기 때문에
더 이상 청조에게 폐를 끼치기 싫었다.

"이건 내가…."

나는 지갑을 꺼내 속을 확인했다. 하지만 화장품 비
용을 감당하기에 나에게 있는 돈은 턱없이 부족했다.
화장품이 뭐 이리 비싼 건지. 나는 도로 지갑을 덮고 청
조에게 말했다.

"그만 가자. 나에겐 필요 없는 것들이야."

"이걸로 계산해 주세요."

"야…!"

청조는 내 말을 무시하고 수많은 화장품들을 계산

했다.

"너 오늘 대체 왜 이래?"

나는 청조의 행동에 커다란 의문을 품고 물었다.

"하지만 지금 네 모습이 너무 예쁜걸."

"그게 무슨…."

청조가 거울을 향해 손짓하자 나는 고개를 돌려 거울에 비친 나를 확인했다.

나는 내 모습을 보고 더 가까이 거울 앞으로 걸어갔다.

나도 나를 사랑하지 않는데, 왜 너는 자꾸만 나를 봐주는 걸까. 봐서 네가 얻을 건 아무것도 없을 텐데.

거울 속에는 음침하고 지저분했던 모습은 온데간데없고 웬 평범한 소녀가 서 있었다. 깔끔하게 다듬어진 머리, 처음 입어 보는 예쁜 옷에 생기 있는 얼굴까지. 모든 게 완벽했다. 나는 거울에 손을 갖다 대고 머리부터 발끝까지 내 모습을 다시, 또다시 훑어보았다.

"어…?"

내가 다시 누군가를 믿어도 되는 걸까. 다시 누군가

를, 누군가의 손길을 내가 원해도 되는 걸까. 만약 된다면 그게, 청조 너라도 괜찮을까.

거울에 비친 두 눈에 내 의지와도 상관없는 눈물이 흐르고 있었다.

"뭐야, 이거."

나는 흐르는 눈물을 벅벅 닦으며 눈물을 감췄다.

"너 진짜 예쁘다, 탄연아."

청조가 싱긋 웃으며 말했다. 나는 아무 말 없이 청조를 바라보았다.

"우리 마지막으로 스티커 사진 찍으러 갈래?"

* * *

"청조와 만난 후 저는 다시 생각했어요. '여기는 천국이었구나.'라고요."

벤의 찻잔은 어느새 바닥이 보였다.

"하지만 그곳은 지옥과 천국 둘 다 아니었어요."

"그럼…."

* * *

"너 혹시 부자야…?"

나는 조심스럽게 청조에게 물었다.

"풉, 뭐?"

청조는 나의 물음에 웃음을 터뜨렸다.

"그런 건 아냐."

"그렇구나…."

우리는 한강 앞 놀이터를 발견하고 그네에 앉았다. 몇 번 그네를 타다가 내가 말을 뗐다.

"널 보면 내가 한심해져."

나의 말을 듣던 청조가 그네를 멈추고 나를 바라보았다.

"나랑 같은 나이면서 전교회장에 하는 것마다 다 잘하고, 그에 반해 나는…. 잘하는 것도 없고 애정결핍도 있어서 사람들이 다 날 싫어해."

"그렇지 않…."

"그래서 네가 친구 하자고 했을 때 솔직히 기뻤어. 많이."

나는 청조를 향해 싱긋 웃었다. 청조는 잠시 말이 없었다. 이윽고,

"나도 기뻤어, 네가 친구 하자고 했을 때."

청조는 아까와 살짝 다른 톤의 목소리로 말했다.

"그보다 오늘 어땠어?"

청조가 화제를 돌리며 말했다.

"아까 나 운 거 못 봤어?"

"하하, 화장하는 거 잘 모르겠으면 물어봐. 알려 줄게."

청조에게는 장난스럽게 이야기했지만 사실 진심으로 눈물이 흘렀다. 나에게 치마가 어울린다는 것도 오늘 처음 알았고, 남들보다 살짝 큰 키가 콤플렉스였던 나는 항상 구부정하게 다녔는데 오늘은 그러지 않았다. 오히려 오늘 입은 복장은 내 큰 키를 더욱 매력적이게 만들어 주었다. 청조는 분명 알고 골라 준 거겠지. 그 덕에

나는 오늘 처음으로 내가 괜찮다고 생각했다.

내가 청조와 함께한 지 반년 정도 될 때쯤 나는 이곳의 존재를 점점 잊어 가고 있었다. 이렇게 청조와 평생 함께해도 괜찮을 거라고 생각했다.

"…안일했죠."
나는 인상을 찌푸렸다.

3

그 이후 나의 성격은 눈에 띄게 달라져 있었다.
"청조!"
내가 이름을 부르자, 청조는 나를 발견하곤 손을 흔들며 달려왔다.

"안녕."

"나 너랑 가려고 맛집 찾아 놨는데, 같이 가자."

나는 한껏 들떠 있는 목소리로 청조에게 말했다.

"응, 좋아."

그리고 어느 날 청조가 나에게 물었다.

"탄연아, 이제 하고 싶은 거 없어?"

청조의 질문에 나는 잠시 고민하고 잠긴 목소리로 답했다.

"있어도 여기선 못 해."

"…뭐길래?"

내가 감히 이야기를 꺼내도 괜찮은 걸까. 또다시 상처받는 게 무서워 피하기만 했던 내가.

"…그."

청조의 얼굴을 바라봤다. 그러자, 왠지 모르게 그 말은 더 나오지가 않았다.

나는 너처럼 될 수 없다는 걸 잘 알면서도 난 자꾸

네 곁에 머무른다. 없어졌던 내 욕심이 너와 함께면 다시 주제도 모르고 넘어온다.

나는 입술을 잘근 깨물고는 말했다.

"학교… 가고 싶어. 너랑."

청조의 목소리가 더 이상 들려오지 않았다. 나는 고개를 떨구고 스스로를 자책했다.

얼마나 내가 바보 같을까. 현실에서 그만한 일들을 겪고도 다시 그곳으로 가고 싶어 하는 내가.

"미안, 그냥 못 들은 걸로 해."

"가자."

순간 청조의 말을 의심했다.

"…뭐?"

"가자고, 학교."

4

말은 그렇게 했지만 내가 다시 잘 지낼 수 있을까. 그와 같은 상황이 또다시 일어나진 않을까. 우울은 쉽게 내 곁을 떠나지 않았다. 이상하지, 모두가 날 떠나는 와중에도 징글징글한 이 우울만큼은 내 곁을 떠나지 않는다는 게.

불안한 머릿속에서도 내 옆에 청조가 있음에 안심이 된다. 나는 이제 네가 없으면 안 되는구나. 나도 모르게 나는 청조에게 많이 의지하고 있었다는 걸 이제야 몸소 깨닫게 되었다.

"어? 청조! 왜 이제 와!"

문을 열고 들어간 그곳에는 역시 너를 반겨 주는 이들밖에 없었다. 너와의 인사가 끝나면 자연스레 네 옆에 꼭 붙어 있던 나에게로 시선이 쏠렸다.

"…누구?"

모두가 나를 쳐다보는 시선이 느껴졌다. 이제 나는 그때의 내가 아니라고 스스로를 다독여도 나를 바라보는 시선에 맞받아치지 못하고 결국 내 시선은 항상 바닥으로 처박힌다.

"인사해, 내 친구야."

청조의 한마디로 순간 눈이 번뜩였다.

네가 하는 행동 하나하나들은 왜 죄다 나를 울리는 것밖에 없는지. 내 생각보다 너는, 나보다 나를 훨씬 더 잘 알고 있는 사람 같았다.

"친구…?"

나를 훑어보는 시선에 긴장이 됐지만 여기선 나를 알고 있는 사람이 단 한 명도 없다는 사실에 더 이상 나를 보는 시선에 연연하지 않기로 했다. 무엇보다 내 옆엔 네가 있으니까. 괜찮았다.

나는 청조를 힐긋 보았다. 내 시선을 눈치챈 청조가 내 시선에 싱긋, 웃음으로 답했다.

"안녕?"

이미 청조를 통해서 나를 소개하긴 했지만 담임 선생님의 언급으로 반 친구들에게 내 존재를 한 번 더 상기 시켜 주는 꼴이 되었다. 그 여파로 쉬는 시간에 이렇게 나에게 말을 거는 사람들이 생겼다.

"응, 안녕."

나는 최대한 긴장한 티를 내지 않고 답했다. 그러자 그 애는 싱긋 웃으며 내게,

"우리 앞으로 친하게 지내자."

이렇게 말했다.

내가 다시 누군가와 친해질 수 있을까. 또 같은 실수를 저지르진 않을까. 그러다 너까지 내 곁을 떠나게 되면…!

"아…!"

"왜 그래? 어디 안 좋아?"

실수는 한 번으로 족하다. 다시는 내 사람을 떠나게 하지 않을 거야.

* * *

"근데 제가 말했잖아요. 이 애정결핍은 내게 저주와도 같다고."

내 말에 벤은 불안한 표정으로 다음 말이 나올 내 말을 기다렸다.

"그곳에서도 예외는 아니었어요."

5

어딘가 긴장한 듯 마른침을 꿀꺽 삼켰다. 이미 학교에서부터 이곳에선 내가 아는 사람이 존재하지 않는다는 걸 알고 있었지만, 선뜻 내 손은 움직이지 않았다.

"안에… 있을까?"

혹시라도 나를 그리워하고 있진 않을까. 너무도 궁금해서 미칠 것 같았지만 나라는 겁쟁이는 먼저 무언가를 할 용기조차 없는 사람이었다.

그렇게 오늘도 찜질방을 가려던 중에 청조와 마주쳤다.

"여기서 뭐 해?"

아… 이럴 땐 뭐라고 답해야 하지?

집에 엄마가 있을까 무서워서 오늘도 난 찜질방에서 잠을 자려고 해. 아니면, 난 사실 죽었어. 근데 집에 가면 엄마가 있을까 봐 못 가고 있는 거야.

…라고 말하면 네가 날 뭐라고 생각할까?

그렇게 한동안 답을 찾지 못한 나에게 청조가 말했다.

"설마 혼자 찜질방 가려고 했던 거야? 서운해, 나도 찜질방 좋아하는데!"

청조의 예상치 못한 답변에 어리둥절한 나였지만, 그 무엇도 그저 대답을 회피할 수 있음에 다행이라고 생각했다.

"와… 진짜 더워."

땀에 흠뻑 젖은 청조가 말했다.

"넌 왜 안 들어와?"

문 앞에서 청조의 모습만을 바라보고 있던 나에게 청

조가 물었다.

"아… 난 땀나는 거 별로 안 좋아해."

"뭐어? 그런 게 어딨어, 너도 빨리 들어와!"

순식간에 내 팔을 잡아당긴 청조의 압력에 나는 마음의 준비도 없이 불가마에 뛰어들어야 했다.

"어때? 기분 좋지 않아?"

"…별로."

뜨거운 열기에 몸이 익어 가는 느낌이 들었다. 온몸이 땀으로 젖고, 뜨거운 공기에 정신까지 혼미해졌다.

"어때, 학교 가니까? 감회가 막 새롭나?"

청조는 내 반응이 궁금하다는 듯 초롱초롱한 눈으로 내게 물었다.

"응, 즐거워."

사실 아직까지 즐거운지 잘은 모르겠다. 근데 하나 확실한 건 청조와 함께하는 이 시간만큼은 즐겁다는 것이었다.

"다행이네."

청조의 입가에 미소가 번졌다.

6

　너와 학교에 가는 건 잘못된 선택이었나. 한동안 내 옆에 붙어 다니며 날 챙겨 주던 네가 다른 친구와 함께 하는 모습에 다시금 화가 치밀어 올랐다. 이러면 안 되는 걸 알면서도 내 몸은 쉽게 따라와 주질 않았다. 어렵게 마음을 열었는데, 다시 또 혼자가 되고 싶지 않았다. 다시… 그때로 돌아가고 싶지 않았다. 이미 나는 너를 통해서 평범함을 경험했다. 그런 내가 어떻게 이전으로 돌아갈 수 있겠어.

　"청조."

　"응?"

　최대한 나를 숨기고 전할 수 있는 말이 뭐가 있을까.

어떻게 하면 나를 더 잘 숨길 수 있을까. 이미 내 속사정을 다 터놓았던 네게 날 숨길 수 있을까? 하지만, 나를 제일 잘 알고 있는 네가 나를 떠나면 안 되는 거긴 하잖아.

"아까, 어디 갔었어? 찾았는데…."

겉모습만 이렇게 덮어 내면 뭐 하나, 속은 아직도 이렇게 엉망진창인데.

"아, 그랬어? 잠시 뭐 좀 가르쳐 주느라."

아, 맞다. 너는 이 학교의 전교회장이었지. 순간 청조에게 부린 투정에 얼굴이 달아올랐다. 너와 있으면 항상 내가 작아진다. 넌 내게 그런 존재였다.

* * *

쨍그랑! 유리의 경쾌한 소리가 공간에 울려 퍼졌다.

"어이쿠, 이런. 어디 다치시진 않았어요?"

불행 중 다행이라고 해야 할지 벤의 차는 거의 다 마

신 터라 나에게 튀긴 거라곤 고작 해 봐야 유리 조각 알갱이뿐이었다.

"네, 전 괜찮아요. 그보다…"

나는 찻잔을 깨트리게 만든 저 요염한 뒷다리에 시선이 쏠렸다.

"이걸로 벌써 스물한 번째입니다. 정말… 제멋대로죠?"

벤이 저 요염한 뒷다리를 지닌 그의 엉덩이를 팡팡 쳤다. 그러자 그의 목이 빠짝 서며 벤의 손길에 몸을 맡겼다.

"이제 좀 얌전해졌네요. 죄송해요, 어디까지 이야기했죠?"

7

"나와 친구인 게 너한텐 기쁜 일인 거야?"

내 결핍은 수시로 너에게 질문을 던졌다.

"당연하지."

그렇게 너의 대답을 듣고 나면 스스로 만족하며 결핍을 충족해 나갔다.

그러다 언제 한번 덜컥 겁이 났다. 여기선 죽을 수도 없는 몸인데, 만약 네가 사라지면 그땐 난 어떡하지.

"청조, 넌 날 떠나지 않을 거지?"

굳이 하지 않아도 될 생각들을 해서 너를 곤란하게 만들었다.

"탄연아…"

청조는 걱정스러운 표정을 띠고 내게 물었다.

"너 괜찮아? 지금 많이 불안해 보여."

네 눈에도 보일 정도로 내가 그렇게 불안해 보였나. 그 말은 즉, 그때의 나로 되돌아가고 있다는 뜻이 아닌가. 그럴 순 없는데, 나는 그때로 돌아가면 안 되는데….

"괜찮아."

지겨운 내 목소리를 비집고 들어온 너의 목소리에 다

시금 정신이 드는 나였다.

"나는 항상 네 곁에 있을 거야. 그러니, 걱정하지 마."

너의 따뜻했던 품보다도 내 곁에 항상 있을 거라는 너의 말에 마음이 놓이는 나였다.

* * *

"아…."

부드러운 털의 촉감에 아래를 내려다보았다.

"탄연 양이 마음에 들었나 봐요."

나는 살며시 그의 머리를 쓰다듬어 주었다.

"이 애는… 몇 살인가요?"

"올해로 10살 정도 됐겠군요."

그는 이번에 내 손길에 몸을 맡기며 특유의 골골 소리를 내었다.

"한참 학대당했던 아이를 뒤늦게 발견해서 구조해 왔어요."

"그런데도… 사람을 정말 좋아하네요."

"그렇죠?"

"네…."

8

사람의 마음을 얻는 일이란 건 왜 이리도 어려운 건지, 나의 호의는 친구들을 부담스럽게 했다. 역시 난 변할 수 없는 걸까. 사람이 너무 어려웠다.

"탄연아!"

…너만 빼고.

내가 애를 쓰지 않아도 너는 항상 내 곁에 있었다. 나는 너에게 뭘 해 주지도 않았는데 넌 왜 자꾸만 나에게, 나란 사람에게 이렇게 과분한 사랑을 안겨 주는 걸까. 평생의 친구라고 느꼈던 지은이한테도, 심지어 엄마에게서도 그런 감정은 느껴 보지 못했는데, 너는 달랐다.

"너 혹시 날 좋아하는 거야?"

"그럼, 당연히 좋아하지."

"아니… 그게 아니라 네가 나한테 잘해 주는 이유가 혹시 다른 이유가 있어서… 그런 걸까 하고."

이렇게까지 생각해서라도 네가 나에게 주는 사랑은 이해가 가질 않았다.

"굳이 그런 쪽으로 너를 좋아하지 않아도 충분히 사랑받을 수 있는 존재야, 너는."

너와 있으면 마치 내가 이 세상에서 특별한 사람이 되는 것 같았다. 내가 사랑하는 사람들이 나를 더 이상 사랑하지 않아 내 존재를 끝없이 의심했던 나에게 처음으로 먼저 손길을 내밀어 준 게 너였다.

너는 이제껏 사랑을 주기만 했던 나에게 사랑을 받는 방법을 알려 주었다. 나는 더 이상 사랑받으려, 사람의 마음을 얻으려 애쓰지 않는다. 그렇게 혼자 애를 쓰지 않아도 나는 이제 너에 대한 확신이 있었기에. 더 이상 혼자 발버둥 치지 않는다. 그렇게 너로 인해 나는 서서히 변해 가고 있었다.

그동안의 내 행동이 무색해지게도 내가 애쓰지 않는 기점으로 친구들은 다시 나에게 다가오기 시작했다. 이제 그들이 나에게 어떤 행동을 해도 신경 쓰지 않는다. 그들에게 미움 받을까, 혹시라도 미움 살 만한 행동과 말들을 하진 않았나. 나를 채찍질하지도 않는다.

"청조."

"청조!"

"청조야!"

그렇게 내 인생은 온통 너로 가득 차 있었다. 너에게 스며들고 있는 내 모습을 눈치라도 챈 것인지. 청조는 문득 내게 이런 말을 했다.

"탄연이 넌, 네 얼굴 중 어느 부위를 가장 좋아해?"

정말 뜬금없는 질문이었다. 한 번도 생각해 보지 않았고, 생각해 본 적도 없었던 질문이었다.

"얼굴…? 글쎄."

나는 손으로 얼굴을 한번 쓰다듬어 보았다. 작은 눈 속에 숨어 있는 속쌍꺼풀이 만져졌고, 다음으로 평범한 그저 그런 코와 입이 만져졌다.

"그런 건 딱히 없는데."

이제 보니 여태 그 질문을 생각해 본 적이 없는 게 아니라 생각할 필요가 없었다.

"아니, 이제부터라도 잘 생각해 봐. 분명 있을 거야. 네가 가장 좋아하는 부위가."

너는 왜 항상 나에 대해 모든 것을 아는 것처럼 말하는 걸까. 나를 보며 그럴 거라고 예측하는 네가 나는 이해할 수 없었다. 그 와중에도 더 이해가 가지 않는 건 나를 향한 그 예측이 틀린 적이 없다는 것이었다.

"눈, 눈인 것 같아."

네 말을 한동안 곱씹어 봤다.

"내 눈은 너처럼 크고 예쁘지 않지만 그래서 더 마음

이 가는 것 같아."

사실 내 눈보다 네 눈이 더 마음에 들었다. 근데 나는 네가 될 수 없고, 너의 크고 예쁜 눈은 내게 없었다.

"나도 그래. 네 눈은 보고 있어도 계속 보고 싶은 눈이야. 굳이 나와 비교하지 않아도 충분히 예뻐."

네가 그런 거면 그런 거겠지. 전혀 납득이 되지 않은 말이었지만 그 말도 어쩐지 마냥 싫지만은 않았다.

"탄연이 넌 생각보다 정말 세심하구나."

세심? 처음 들어 보는 말이었다. 다른 건 몰라도 내 성격에 대해 칭찬을 받는 건 단 한 번도 없었기에.

"그렇진 않은데…."

나를 가장 잘 알고 있을 것 같았던 너였는데, 또 그런 건 아니었나 보다.

"그리고 너무 부정적이야."

"뭐…?"

"탄연아, 아직도 너의 애정결핍이 너를 잡아먹을까 두려워?"

청조가 내게 온 순간부터 나는 줄곧 불안에 떨었어야 했다. 혹시라도 네가 내 곁을 떠나진 않을까 하며.

"그럼 나랑 같이 하나씩 고쳐 나가 보자."

네가 내 옆에 있는 한 그게 무슨 상관이 있겠냐만 나는 청조의 뜻을 따르기로 했다.

9

"정말 이게 애정결핍을 고치는 데 효과가 있을까? 아무리 봐도 모르겠는데."

"지금 당장은 몰라도 분명 나중엔 알게 될 거야."

너와 있으면 내가 특별한 사람이 되는 것만 같았다. 근데 그것도 어디까지나 네가 있어야 가능했다.

"다 적었지? 그럼 이제 세 번씩 크게 외치는 거야."

"응."

"하나, 둘, 셋!"

"할 수 있다, 할 수 있다, 할 수 있다."

굳이 이런 걸 말하지 않아도 너와 있으면 난 할 수 있어.

"다시 하나, 둘, 셋!"

"내가 최고다, 최고다, 최고다."

"이제 마지막! 하나, 둘, 셋!"

"나는 날 사랑해, 나는 날 사랑해, 나는 날 사랑해."

너도 참, 이런 걸로 내 애정결핍이 고쳐졌다면 내가 이렇게까지 힘들어하지도 않았을 거야.

"좋아! 너 이 말 나 없어도 매일매일 해 줘야 해. 알았지?"

정말 쓸모없는 짓이란 걸 알지만,

"응, 그렇게."

너와 함께면 없던 쓸모도 생기는 기분이 들어서, 그래서 이렇게 아직까지도 그 말을 내뱉고 있나 봐.

매일 아침마다 그 말을 뱉고 하루를 시작하니 왠지 힘이 되는 것 같기도 하고. 기분 탓인지도 모르겠지만.

"히히."

갑자기 귀 옆으로 청조의 웃음소리가 들려왔다.

"왜 웃어?"

"보기 좋아서."

청조의 말에 교실에 걸려 있던 거울을 쳐다봤다. 깔끔하게 다듬어진 머리, 알맞게 맞춘 교복 그리고 청조가 해 준 메이크업을 아직까지도 잘 유지하고 있는 얼굴이 보였다.

"평소랑 똑같은데."

내 눈엔 그 모습은 여전히 잘 꾸며진 껍데기에 불과했다.

"오늘따라 화장이 잘 먹었나?"

"아니, 너 요즘 밝아진 것 같아서 보기 좋다고."

그런가. 난 잘 모르겠는데. 네 눈엔 어떻게 그런 것들이 전부 보이는지.

"너랑 지내다 보니까 변했나 봐."

그때 너의 표정의 의미를 알아챘더라면.

10

"자."

어느 날 청조가 내게 식물 하나를 건네주었다.

"선인장? 이건 왜?"

"한번 키워 보라고. 선인장은 쉽게 죽지 않아서 돌보기가 쉽다고 하더라고."

"…그렇구나."

그때 내가 그 선인장을 받지 않았더라면.

청조와 함께하는 나날들은 정말 행복했다. 이제 내가 이곳 사람이라고 해도 믿을 만큼. 정말 행복했다. 설령 내가 지금 꿈을 꾸고 있는 거라면 영영 깨어나고 싶지 않다고도 생각했다.

하지만, 행복 뒤엔 늘 어둠이 딸려 오는 법이었다.

그날도 청조와 시간을 보내고 있었다. 전에 가고 싶다던 맛집도 가고, 같이 오락도 하고, 함께 재밌는 이야기도 나눴다.

그렇게 한창 재미있게 이야기하던 중 청조가 나를 불렀다. 한껏 들뜬 목소리와 다르게 지금의 청조는 살짝 말을 꺼내기 버거워 보였다. 이후 갈 곳이 있다며 나를 어디론가 데려갔다.

"여긴…?"

청조의 뒤를 따라가 도착한 곳은 다름 아닌 우리 집이었다.

"내가 우리 집을 알려 줬던가…?"

나는 의문을 품으며 청조에게 물었다. 하지만 청조는 아직도 말을 꺼내기 버거워 보였다. 평소의 청조답지 않게 계속 말을 머뭇거린 것이다.

"청조, 너 왜 그래?"

나는 그런 청조가 걱정돼 청조의 어깨를 붙잡고 얼굴을 살폈다.

"탄연아…."

이게 꿈이라면 절대 깨어나지 않길.

나는 머릿속에 내가 한 생각이 떠오르면서 당장 청조에게서 손을 뗐다. 그리곤 당장 청조와 집에서 벗어났다. 까맣게 잊고 있던 기억이 떠오른 것이다. 이곳이 가짜라는 걸. 청조 너조차도.

청조가 놀라며 나를 뒤따라왔다.

"너, 정체가 뭐야?"

나는 청조를 처음 봤을 때처럼 싸늘한 목소리로 청조에게 물었다.

"…탄연아, 이제 돌아가야 돼."

청조는 살짝 잠긴 목소리로 나에게 말했다.

"뭐…?"

가장 높은 곳을 경험하게 해 준 너는 다시 나를 저 깊은 곳으로 떨어뜨려 놓았다.

"여긴 네 무의식 속이야. 넌 아직 죽지 않았어. 그러니까 돌아가야 해. 시간이… 얼마 없어."

청조가 내 손을 잡고 다시 우리 집으로 뛰어간다. 나는 갑작스럽게 알게 된 사실에 정신이 없었다. 집 앞으로 거의 다 도착했을 때야 비로소 정신을 차리고 청조의 손을 뿌리쳤다.

"상관없어. 여기가 내 무의식 속이든 아니든 난 여기 있을 거야."

드디어 나도 평범한 일상을 살아갈 수 있게 되었는데 다시 돌아가라니, 이제야 좀 행복해졌는데, 정말 잔인한 말이다. 나는 마음을 다잡은 듯한 청조의 무표정한 얼굴을 보고 참고 있던 울음이 터지고 말았다. 그런 나를 보고도 청조는 아무것도 하지 않았다. 저번처럼 나를 끌어안아 주지도 따뜻한 말로 나를 다독여 주지도 않았다.

"넌 날 떠나지 않는다며, 항상 내 곁에 있을 거라며!"

왜 모든 사람들은 하나같이 다 날 떠나는 걸까. 역시 나는 행복해서는 안 되는 존재인 걸까.

"나는 언제나 네 곁에 있어. 여긴 네 무의식이 만들어 낸 환상 같은 거니까. 좋은 꿈을 꿨다 생각해, 탄연아."

청조가 싱긋 웃는다.

지금까지 본 웃음 중에 제일 슬픈 얼굴을 하고선.

청조가 우리 집 문고리를 잡고 말했다.

"나랑 함께해 줘서 고마웠어, 내 친구는 네가 처음이 자 마지막이야."

"뭐…?"

싫어.

청조가 문을 열고 집 안으로 나를 밀쳤다. 그러자 문 밖에 있는 청조와 뒤의 배경들이 빛처럼 점점 사라지고 있는 게 비춰졌다.

"잠, 깐. 기다려, 청조!!"

하지 마.

"그렇게 급하게 갈 필요는 없잖아…!"

나는 청조를 향해 손을 뻗었다.

날 떠나지 마.

"가지 말라고!! 청조!"

분명 내게 친구를 하자던 네가, 내 인생을 송두리째 뒤바뀌게 해 준 네가, 날 떠나면 안 되는 거잖아.

하지만 청조는 이미 사라지고 난 뒤였다.

제발….

뒤이어 문이 닫히고 나는 누구보다 매우 불안한 상태 가 되었다. 눈물 때문에 눈앞이 흐리고, 숨이 찼다. 나는 머리를 싸매고 중얼거렸다.

"아니야… 아니야, 아니야, 아냐!!"

보이지 않는 꽃 한 송이

"헉…!"

심장이 두근거린다. 나는 숨을 헐떡이며 주변을 둘러보았다.

낯선 천장… 나는 청조의 말대로 현실로 돌아와 있었다. 현실을 깨닫고 나니 또다시 눈물이 흘렀다.

"선생님, 환자분 깨어나셨습니다!"

주변은 1년 만에 깨어난 나를 보고 놀라 분주해진 소리가 들려왔다.

그 뒤로는 눈물을 흘리느라 기억이 잘 나지 않지만, 아마 희미하게 엄마의 목소리도 들렸던 것 같다.

"역시 그곳은 탄연 양의 무의식 속이었군요."

벤은 이미 예상이라도 한 듯 내게 말했다.

청조가 없는 나의 세상은 이제 아무 의미가 없다고
생각해 나는 다시 청조를 만나기 위해 애를 썼다. 하지
만 이미 한 번 위험을 겪은 나에게 이전엔 없던 보호가
생겼고, 청조의 마지막 인사를 끝으로 더 이상 청조를
만날 수 없게 되었다. 그리고 그 뒤로는…

"탄연아, 엄마랑 얘기 좀 해."

절대 되돌아가고 싶지 않았던 그때의 나로 나는 다시
돌아가 있었다.

지금은 몰라도 나중엔 알게 된다며, 내가 밝아진 것
같아서 보기 좋다며!

아니, 청조 넌 절대 모르겠지. 그 모든 게 다 네가 있
어서 가능했다는걸.

"할 말 없어."

잠이라도 자면 너의 꿈을 꾸지 않을까. 너와 잠시라도 만날 수 있지는 않을까. 수도 없이 잠을 청했지만 네가 내 꿈에 나오는 일은 일어나지 않았다.

거짓말쟁이. 너는 다 알고 있었구나. 알면서도 내게 다가왔던 거였구나. 너와 학교에 가지 않았어야 했다. 그럼 조금이라도 너와 함께하는 시간이 많았을 테니까. 아니, 너와 친구 하지 말았어야 했다. 그럼 내가 깨어나지도 않았을 텐데.

너와의 행복했던 추억이 이제는 가장 괴로운 추억으로 자리 잡았다. 나의 괴로운 추억 속에 남아 있는 널 원망해야 하는데, 미워해야 하는데 너의 존재만큼은 아직까지도 내게 소중한 사람이었다. 그렇게나 잔인하게 내 곁을 떠났으면서 널 마음껏 미워할 수도 없게 만든 네가, 그립다.

너는 알까, 너와 함께였던 시간 동안 나아진 줄만 알았던 내 우울과 결핍은 네가 떠난 후에야 숨어 있던 공

백들과 함께 두 배로 나를 덮쳐 버린다는 것을. 그러니 다시 나에게로 돌아와, 빨리 네 손길로 이 우울과 결핍에서 나를 잠시나마 해방시켜 줘. 항상 이렇게 끊임없는 자책들 속에 잠기면 듣기 좋은 네 목소리가 비집고 들어와서 날 위로해 줬잖아. 지금이야. 어서 내게 말해 줘. 괜찮다고. 다 괜찮아질 거라고. 나는 항상 네 곁에 있을 거니까. 응?

"흑… 흐윽…!"

다시 일상으로 돌아가는 건 어렵지 않았다. 늘 하던 거에 좀 더 우울해지고, 조금 더 어두워진 것뿐이었다.

"강탄연."

물론 엄마와의 사이도 이전보다 더 안 좋아졌다.

"언제까지고 그렇게 피하기만 할 거야. 제발 뭐라고 말 좀 해!"

"말하면, 엄마가 들어 줘?"

수없이 믿었던 사람들에게 버림받는다는 건 얼마나 아픈 줄 아는가? 내가, 그 추운 날, 그 어둡고 깊은 곳에 뛰어내려 사지가 찢기고 폐가 터질 것 같던 고통을 참으면서도 내가 왜 이곳을 벗어나려고 했는데.

그 고통보다도 살아 있는 지금 이 순간이 내겐 더 아팠다.

"엄마 일하느라 바쁘잖아. 여태 일절 관심 없다가 이제 와서 없던 관심이 막 생겨?"

"너 진짜…!"

"왜? 내가 죽어야만 내가 눈에 보이는 거야?"

짝!

아, 순식간에 뺨이 얼얼해진다. 미안, 이렇게까지 말하려던 건 아니었는데. 나 지금 제정신 아닌 거 엄마도 잘 알잖아. 그러니까 울지 마. 자꾸 내가 후회할 행동을 하게 만들지 마. 제발.

"…진정되고 다시 이야기해."

떨리는 손을 말아 쥐며 뒤돌아 가는 엄마의 뒷모습을 보고 저러다 쓰러지는 거 아닌가 걱정이 되었지만 지금 누군갈 걱정할 만큼 나 또한 제정신이 아니었다.

"…쉽게 안 죽긴 개뿔."

너의 흔적을 간직하기 위해 너와의 추억들로 방을 꾸몄었다. 쉽게 죽지 않아 돌보기 쉬울 거라던 네 말은 틀렸다. 이미 누구보다도 빠르게 죽어 가고 있던 선인장이었다.

1

내가 깨어난 후로 엄마는 아직까지도 일을 나가고 있지 않았다.

언제까지 이렇게 살아야 하는 거지.

"엄마의 생각을 들려줘."

아무 말 없이 대뜸 엄마 방에 들어가 그렇게 말했다.

"내가 어떻게 했으면 좋겠는지."

그런 나를 보고 엄마는 조심스레 내게 다가와 호흡을

가다듬고는 이렇게 답했다.

"다시… 처음부터 다시 시작해 보자. 탄연이 네가 일어설 수 있게 도와줄게. 그래서 대학도 가고 그렇게 새 삶을 살아가는 거야."

"엄마, 난 이제 사람들이 무서워지려고 해. 대체 사람들에게 사랑받는 존재가 되려면 어떻게 해야 하는 거야? 왜 나는 그런 존재가 될 수 없는 거야? 왜 나는…! 이렇게 태어난 거야?"

매일 사람들에게 상처받고 치여도 다시 사람들을 믿는 내가 참으로 싫다. 사람들에게 나라는 사람을 인정받고 싶어서 발버둥 치는 내가 너무 싫다. 여전히 사람을 원하는 내가 참으로, 가엽다.

2

엄마와 함께하는 시간들이 많아졌다. 엄마가 일을 가지 않으니 당연한 결과였다.

"엄마는… 아직도 아빠가 그리워?"

순간적인 물음이었다. 적어도 이 어색한 침묵 정도는 해결해 줄 테니까.

"응."

엄마는 여전히 변하지 않았다. 그냥 더 이상 묻지 않는 편이 내게 더 좋다고 생각했는데 엄마가 추가적으로 말을 덧붙였다.

"그 사람이 내게 소중한 사람인 건 변함이 없으니까. 그리울 수밖에."

그 말에 순간 네가 떠올랐던 건 왜였을까.

"근데 왜 다시 안 만나?"

나는 만나고 싶어도 만날 수 없는데. 그래서 이렇게 고통스러운데. 왜 만날 수 있는 엄마는 아빨 찾아가지 않을까.

"찾아갈 수 있어도 그러지 않으니까 그리운 거야. 내

감정에 취해 그 사람을 만나게 되면 그 사람에게 나는 더 이상 좋은 사람으로 기억되지 못할 테니까. 내 그리움보다도 그게 더 무서우니까."

엄마는 참 좋은 어른이었다. 그리고 나는 엄마를 너무 많이 닮아 있었다.

"거짓말, 사실 그런 건 다 필요 없고 당장 달려가고 싶은 거잖아."

엄마는 아직도 아빠를 잊지 못한다. 하지만 제 감정을 꾹꾹 숨기며 억누르고 있는 것뿐이었다. 인생이란 게 원래 제멋대로 흘러가지 않기에.

"그런 내가 어떻게 널 안 사랑하겠어. 그이에 대한 마지막 흔적이 너인걸."

"…미안."

나를 제 품에 안으며 눈물을 훔치는 엄마를 보며 생각이 많아졌다.

이제는 누군가를 믿는 게 두려워진다.

"이럴 때 누가 그랬는데…."

아, 생각났다.

"나는 할 수 있다, 할 수 있다… 할 수 있다."

청조는 내게 나를 사랑하는 법을 알려 주었다.

"나는 최고다, 최고다, 최고다."

어떻게 하면 나를 사랑할 수 있는지.

"나는 날 사랑해, 나는 날 사랑해, 나는 날 사랑해."

어떻게 하면 혼자서도 일어설 수 있는지.

"아…."

또 제멋대로 눈물이 뺨을 타고 흘러갔다.

– 지금 당장은 몰라도 분명 나중엔 알게 될 거야.

사실 나는 알고 있다. 너와 함께하는 시간 동안 많은
걸 보고 배웠다. 사랑을 받기도 하고, 사랑을 주기도
했다.

"근데 내가 말했잖아. 그것도 어디까지나 네가 있어서

가능한 거라고."

네가 없는 세상은 내겐 너무 무섭고, 두려웠다. 너와 함께일 때면 뭐든 할 수 있을 것만 같고, 내 저주도 더 이상 저주처럼 느껴지지 않았는데. 너라는 빛이 없으니 나는 또다시 어둠이라는 방으로 꽁꽁 숨어 버리고 만다. 너는 이것도 알고 한 말이었을까. 너라면 왠지 내가 널 그리워하고 있다는 것도 알고 있지 않을까.

머릿속이 너무 복잡하다. 생각을 멈춰 버리고 싶어.

웅-

구멍이란 구멍은 죄다 막혀서 먹먹한 물소리가 귀를 타고 들려왔다.

"푸하…!"

아, 흠뻑 젖고 나니 이제야 좀 머리가 비워진 느낌이….

"너 지금 뭐 하는 거야!?"

"엄마?"

하필이면 왜 지금 세면대에 숨을 참고 머리를 담그고

있는 모습을 봐 버린 건지.

"아, 아니 이건…."

"빨리 거기서 나와. 빨리!"

지금은 내가 어떤 말을 해도 엄마 귀에 들어가지 않을 것 같았다. 나는 순순히 화장실 밖으로 나왔다.

"다시는 그런 짓 하지 마. 다시는…! 네가 없으면 난 어떡하라고… 나안!!"

"엄마, 아니야. 엄마가 생각하는 그게…!"

"아흐흑…!"

거의 울부짖으며 소리치는 엄마를 바라보니 가슴이 찢어지는 것만 같았다.

"내가 어떻게 살아왔는데, 너 하나만 바라보고 내 인생의 전부를 쏟아부었어. 네가 그렇게 이야기하는 일도…! 다 너 대학 보내 주려고 하는 거라고…."

어린 나는 몰랐다. 이혼한 후에 왜 엄마가 변해 버린 건지. 그게 난 엄마가 나에 대한 사랑이 식은 줄로만 알았다. 어린 나는 몰랐다. 엄마의 속사정을 내가 깨어난

123

그날 듣는 게 아니라 다시 죽음을 시도한 줄 알았던 지금 듣게 될 줄은.

어린 나는 몰랐다. 내가 깨어나지 않았던 그 시간 동안 혼자 남겨질 엄마의 아픔들을.

"네가 없으면 나도 살 이유가 없어. 그래, 이참에 같이 죽자! 같이 죽어!"

그렇게 말하면서도 내 두 손을 잡고 놓아 주지 않는 엄마의 압력에, 목이 부서져라 통곡하며 흐느끼는 엄마의 목소리에, 나는 차마 고개를 들 수가 없었다.

3

"이제 그만 놔, 땀 차잖아."

"싫어. 오늘 너 이렇게 자야 돼. 오해하게 만든 벌이다."

엄마와 함께 잠에 드는 건 엄마가 이혼하기 전 이후로

는 처음이다.

"…많이 힘들었어?"

내 말에 엄마는 대답 대신 내 손을 더 꽉 쥐었다.

"그랬구나…."

내가 없으면 엄마에겐 새로운 삶이 시작될 줄 알았는데,

"매일매일 기도했어. 제발 오늘은 깨어나게 해 달라고."

내가 없는 엄마의 삶은 하루하루가 지옥이었다고 했다.

"난 깨어나지 않게 해 달라고 기도했는데."

엄마가 다시금 눈물을 훔치고 잠긴 목소리로 내게 물었다.

"…왜? 나 때문에?"

"아니, 절대 깨어나고 싶지 않을 만큼 행복한 꿈을 꿨어."

"그건 다행이네."

어떤 말을 꺼내도 아무렇지 않은 나였는데, 네 이야기에서만 한없이 약해지는 나였다.

"…정말 행복했나 보네."

일부로 눈을 팔로 가렸는데, 너를 찾는 내 그리움은 팔 따위로 가려도 가려지지 않는 거였다.

"사실 죽는 것도 너무 무섭고 아팠어. 너무 어둡고 아무것도 들리지 않았어. 그러다 그 앨 만났는데, 너무 예쁘고 따뜻했어. 맛있는 것도 많이 먹고 좋은 추억도 같이 쌓고, 또…"

나는 그렇게 밤새도록 너와의 일들을 엄마에게 들려주었다. 엄마는 묵묵히 내 눈물을 닦아 주며 "그랬구나, 좋았겠네." 또, "많이 무서웠겠네, 우리 딸." 하며 내 이야길 들어주었다.

네 이야길 할 때마다 이렇게 무너지면 안 되는데, 지금은… 너무 보고 싶다. 청조.

그날은 처음으로 중간에 깨지 않고 깊은 잠에 들었다.

4

내게는 아직 지켜야 될 사람이 남아 있다. 아직도 나는 널 잊지 못하지만,

"할 수 있다, 할 수 있다, 할 수 있다."

여전히 너에게 돌아가고 싶은 마음이 굴뚝같지만.

"내가 최고다, 최고다, 최고다."

내가 너에게 머무는 이 시간에도 시간은 흐르고,

"나는 날 사랑해, 나는 날 사랑해, 나는 날 사랑해."

세월은 나를 기다려 주지도 않고 야속하게 흘러만 간다는 걸 난 안다. 그러니, 이젠…

* * *

지이잉.

가방 속에서 작은 진동이 울렸다.

"잠시만요."

나는 벤에게 말하고 가방 속에서 휴대폰을 꺼냈다.

"여보세요? 응, 엄마. 아직 크리스마스도 아닌데 뭘.

금방 갈게. 아, 뭘 또 서운해~ 하하, 알았어. 이따 봐."

통화를 마치고 나니 벤의 시선이 느껴졌다. 나는 벤을 향해 미소를 띠면서 말했다.

"죄송해요. 이제 가 봐야 할 것 같네요. 기다리는 사람이 있어서."

벤은 더 이상의 질문은 하지 않고 환한 미소를 띠며 내게 말했다.

"어서 가 보세요. 당신을 기다리는 사람에게."

어느새 벤과 나의 찻잔은 비어 있었다.

그러니 이젠, 청조의 노력이 헛되지 않게 잘 살아 보겠다고 다짐했다. 청조는 나에게 정원을 가꾸는 법을 가르쳐 주었고, 꽃을 기르는 법을 가르쳐 주었다. 그러니 이제 메마르고 초라한 정원은 없고 예쁘게 다듬어진 정원뿐이니라. 이제 내 정원엔 절대로 떠나지 않을 꽃 두 송이가 심어져 있다. 한 송이는 보이지 않는 꽃이지만.

앞으로의 내 정원은 새로운 꽃들로 가득할 테니까.

나는 하얗게 쌓인 눈밭을 걸으면서 하늘을 올려다보았다.

"…화이트 크리스마스이브네."

나는 가방 속에서 지갑을 꺼낸 뒤 지갑 속의 사진 한 장을 꺼냈다. 그건 청조와 처음으로 찍은 스티커 사진이었다.

"두 번째로 찍은 사진은 널 안 보고 찍었길래. 그럼 사람들이 내가 혼자 찍은 걸로 오해하니까."

이렇게라도 청조의 흔적을 갖고 싶었다. 나는 어설프게 청조를 바라보며 포즈를 취하는 나를 보며 피식 웃었다.

"벌써 이것도 1년 전이라니. 시간 참 빠르다~ 다음 주면 내가 성인? 하하."

그렇게 나는 혼자 웃으며 걸어갔다.

- 감사해요, 벤. 벤과의 상담을 끝으로 이제 그 시간 속에서 벗어나려고요.

"허허."

벤이 자리에서 힘겹게 일어섰다.

"이제 우리도 그만 집으로 갈까?"

"갸르릉~"

분명 가장 추위에 떨었어야 될 겨울이었지만, 함께할 이들이 있기에 그 누구도 가장 시리고 추운 겨울이 춥지 않았다.

청조,

네가 없었다면, 지금의 나도 없었겠지?

항상 내 곁에 있다는 네 말을

가슴에 새기면서 새로운 삶을 살아가 보려고 해.

진정한 애정이 뭔지 알려 줘서, 끝까지 내 친구로

남아 줘서 고마워 그리고 사랑해.

이제 진짜 안녕.

– 탄연이가

혹시라도 책 속의 탄연이처럼 자신을 불행이라고, 사라져야 하는 존재라고 생각하는 독자분이 계신다면 꼭 말해 주고 싶네요.

그렇지 않다고.

만에 하나 모두가 자신을 사랑하지 않는다고 생각이 든다면 자신만은 본인을 사랑한다고, 그래야 한다고.

이 세상에 사랑받지 않아야 될 존재는 없으니 자신을 그 누구보다도 사랑해 주라고요.

탄연이에게 청조는 그런 존재입니다. 비록 책에서는 둘을 분리해 놓았지만 사실은 탄연이의 무의식 속에 청조가 있고 탄연이에 의해서 청조가 탄생한 것입니다. 다시 말해 청조는 탄연 본인이라고 할 수 있죠.

그러니 혹시라도 난 청조 같은 사람이 없는데, 라고 생각하지 않았으면 합니다.

청조는 우리 모두에게 있는 존재이니까요.

이 책을 읽고 있는 당신은 충분히 아름다운 존재입니다.

마지막으로 청조를 세상 밖으로 나오게 도와주신 바른북스께도 감사인사를 전합니다.

끝까지 읽어 주셔서 감사합니다.

청
조

초판 1쇄 발행 2025. 5. 9.

지은이 이다인
펴낸이 김병호
펴낸곳 주식회사 바른북스

편집진행 김재영
디자인 양헌경

등록 2019년 4월 3일 제2019-000040호
주소 서울시 성동구 연무장5길 9-16, 301호 (성수동2가, 블루스톤타워)
대표전화 070-7857-9719 | **경영지원** 02-3409-9719 | **팩스** 070-7610-9820

•바른북스는 여러분의 다양한 아이디어와 원고 투고를 설레는 마음으로 기다리고 있습니다.

이메일 barunbooks21@naver.com | **원고투고** barunbooks21@naver.com
홈페이지 www.barunbooks.com | **공식 블로그** blog.naver.com/barunbooks7
공식 포스트 post.naver.com/barunbooks7 | **페이스북** facebook.com/barunbooks7

ⓒ 이다인, 2025
ISBN 979-11-7263-355-4 03810